CARLA EISFELDT

GEFÄHRLICHE WEIHNACHTEN

ZWÖLF HINTERHÄLTIGE KURZGESCHICHTEN

GEFÄHRLICHE WEIHNACHTEN

ZWÖLF HINTERHÄLTIGE KURZGESCHICHTEN

Impressum

© 2021 Carla Eisfeldt
c/o Block Services
Stuttgarter Str. 106
70736 Fellbach
www.instagram.com/carla.eisfeldt.autorin
Lektorat, Korrektorat: Juliane Trebus
Coverillustration: Michael Buxton
Portraitfoto, Coverlayout: StorieSZ by Sandra Schick
Satz und Typografie: Kiwibytes Design
Bildnachweise: Adobe Stock, © Daniel Smolcic, #98615995, #98616008
Gesetzt aus: Arno pro, 12 Pt

ISBN: 978-3-9823817-0-1

Für meine Männer,

ohne die dieses Buch nicht entstanden wäre.

PUNSCH-WUNSCH

„Meine Güte, was machst du denn hier im Dunkeln?"

Wie aus dem Nichts hatte sich in der Seitenwand der Weihnachtsmarktbude eine Tür geöffnet. Darin eine Frau, die erschrocken zurückfuhr, als ihr so unvermittelt Johanna gegenüberstand.

„Tut mir leid!", stammelte Johanna. Tatsächlich war sie davon ausgegangen, allein in der verlassenen Seitengasse zu sein. Alle Stände hatten bereits ihre Läden geschlossen, außer ihr war keine Menschenseele mehr zu sehen. Woher hätte Johanna auch ahnen können, dass in einer der Buden noch aufgeräumt wurde?

Die Frau bückte sich und stellte zwei verknotete Müllbeutel ins Freie. „Du hast mich ganz schön erschreckt!", bemerkte sie vorwurfsvoll.

„Ich ... ich dachte, hier wäre niemand ...", schniefte Johanna.

Aus dem beleuchteten Innenraum fiel Licht auf ihr verheultes Gesicht, die Frau hielt inne. „Liebes, alles in Ordnung mit dir?", fragte sie etwas freundlicher.

Darauf wusste Johanna erst mal nicht, was sie antworten sollte. Nein, nichts war in Ordnung, aber das konnte sie einer Wildfremden wohl kaum auf die Nase binden. „Ja", presste sie hervor und unterdrückte ein Aufschluchzen. „Mir geht es prima."

„Also prima sieht anders aus, wenn du mich fragst." Die Frau zögerte. „Soll ich einen Arzt rufen? Bist du verletzt?"

„Nein!", widersprach Johanna schnell. Sie war nicht verletzt, wenn man von ihrem in tausend Splitter gebrochenen Herzen mal absah. Aber was das anging, würde auch kein Arzt helfen können. „Mir geht es gut, wirklich", schwindelte sie. „Alles in Ordnung."

„Hm ...", machte die Frau, nicht sonderlich überzeugt. Sie schüttelte einen Lappen aus und begann, ihn umständlich wieder zusammen-zufalten. „Weißt du, was?", fragte sie schließlich. „Ich wollte eh gerade Feierabend machen und zusperren. Komm doch rein, drinnen ist es wärmer und Punsch ist auch noch da."

„Eigentlich wollte ich lieber alleine...", versuchte Johanna zu pro-testieren, aber ehe sie es sich versah, hatte die Frau sie schon in die Hütte geschoben und ihr einen Becher in die zittrigen Finger gedrückt.

„Probier mal. Wirst sehen, danach sieht die Welt schon wieder anders aus!"

Vorsichtig pustete Johanna auf die dampfende Oberfläche. Groß-artig, dachte sie bitter. Die anderen hatten es lustig auf dem Weih-nachtsmarkt und sie hockte hier in Gesellschaft einer Frau, die vom Alter her gut und gerne ihre Mutter, wenn nicht sogar ihre Oma sein konnte. Lief denn irgendetwas an diesem beschissenen Abend so, wie sie sich das vorgestellt hatte? Um die Frau nicht zu enttäuschen, nippte sie an dem heißen Gebräu und riss überrascht die Augen auf. Wow! Das hatte sie nicht erwartet. Tatsächlich war dieser Punsch richtig lecker! Heiß und süß, mit dem Geschmack von Schlehen, Honig und noch etwas anderem, das sie nicht benennen konnte. Nächstes Mal müssen wir unbedingt hierher, dachte sie bevor ihr einfiel, dass es kein „wir" mehr gab. Sie schniefte wieder und nahm noch einen Schluck.

„Tut gut, nicht wahr? Altes Familienrezept. Es gibt eigentlich nichts, bei dem ein guter Punsch nicht helfen kann." Die Frau streckte die Hand aus. „Ich bin übrigens die Elfi", stellte sie sich vor. „Und du?"

„Johanna."

„Johanna, soso..." Sie schwiegen eine Weile. „Also, Johanna, magst erzählen, was du auf dem Herzen hast? Manchmal hilft es, wenn jemand einfach nur zuhört."

„Mir kann keiner helfen", murmelte Johanna düster und trank einen weiteren Schluck. „Ist eh alles sinnlos!"

„Ach Liebes, sag doch so etwas nicht." Elfi legte den Kopf schief und musterte sie. „Wie heißt er denn?", fragte sie unvermittelt.

Johanna schossen die Tränen in die Augen. „Adrian", heulte sie los. „Er heißt Adrian." Als ob Elfi einen Korken aus einer Flasche gezogen hätte, sprudelte die Geschichte aus Johanna heraus. Von Adrian, ihrer großen Liebe, der in den letzten Wochen so wenig Zeit für ihre Beziehung hatte. Und von Lara, der falschen Schlange, die sie für ihre beste Freundin gehalten hatte. Der sie ihr Herz ausgeschüttet und ihre Sorgen anvertraut hatte. War es wirklich nur der Stress im Job, der Adrian sich auf einmal so distanziert verhalten ließ? Auf frischer Tat ertappt hatte sie die beiden dann an einem Sonntag Ende Oktober. Einen selbstgebackenen Kuchen wollte Johanna als Überraschung vorbeibringen und hatte die beiden knutschend vor Adrians Haustür erwischt. Adrian war immerhin noch schuldbewusst ihrem Blick ausgewichen, aber Lara hatte sie nur triumphierend aus ihren kalten blauen Augen angeschaut. „Wir lieben uns", hatte sie mit verlogenem Lächeln verkündet, „jetzt weißt du es endlich."

Fast genauso schlimm wie den Betrug empfand Johanna allerdings das Verhalten der Clique. Gut, vielleicht hatte sie es an Oles Geburtstagsparty ein ganz klein wenig übertrieben. Wegen der Rotweinflecken auf dem Sofa hatte Ole ziemlichen Ärger mit seinen Eltern bekommen. Andererseits hatte es Johanna gewisse Genugtuung bereitet, das volle Glas in Laras dämlich grinsendes Gesicht zu kippen.

Trotz dieses Vorfalls hatte sie allerdings erwartet, dass die Clique angesichts der himmelschreienden Ungerechtigkeit, die ihr widerfahren war, eindeutig Position beziehen würde. Anstatt sich aber auf ihre Seite zu stellen, hatte sie feststellen müssen, dass die anderen sich mehr und mehr von ihr zu distanzieren schienen. Im Gruppen-Chat war es merklich still geworden und sogar Sophie, die sie zu ihren engeren Freundinnen gezählt hatte, antwortete immer ausweichender auf Johannas Vorschläge für gemeinsame Unternehmungen.

Warum das so war, das hatte Johanna erst an diesem Tag herausgefunden. *Wer kommt heute Abend mit zum Weihnachtsmarkt?* hatte sie hoffnungsvoll in den Chat gepostet und enttäuscht die wenigen

Antworten gelesen. Sophie hatte geschrieben, dass sie leider lernen müsse, von Mia war ein *Schöne Idee, sehr gerne wann anders!* gekommen, es waren noch ein, zwei belanglose Emojis aufgetaucht und der Rest hatte geschwiegen. Johanna war also kurzerhand allein losgezogen. All die Jahre hatten sie sich immer bei „Hansels Punschhäusl" getroffen, irgendjemand würde also heute Abend bestimmt da sein. Tatsächlich hatte sie schon von weitem Adrians rote Daunenjacke aus der Menge herausleuchten sehen. Lässig hatte er seinen Arm um Lara gelegt, die ihn anhimmelte. Und nicht nur die beiden waren da, nein, die ganze Clique stand um einen der rustikalen Stehtische versammelt, selbst Sophie, die ja angeblich lernen musste. Auf irgendeine Bemerkung von Lara hin war fröhliches Gelächter ausgebrochen und Adrian hatte sich zu ihr hinunter gebeugt und sie geküsst. Johanna dachte, ihr bohre sich ein Messer ins Herz! Hoffentlich hatten die anderen sie nicht gesehen! Bevor irgendjemand auf sie aufmerksam werden konnte, war Johanna blindlings durch das Gedränge an das andere Ende des Weihnachtsmarkts geflüchtet, irgendwohin, wo sie allein war und ihren Tränen freien Lauf lassen konnte.

„Wahrscheinlich lachten die gerade über mich", schluchzte sie und putzte sich geräuschvoll die Nase. Schon allein der Gedanke daran schnürte ihr die Kehle zu.

„Warum sollten die das tun?" Elfi, die geduldig zugehört hatte, reichte ihr eine frische Papierserviette. „Liebes, ich will dir ja nicht die Illusionen rauben, aber ich glaube nicht, dass irgendeiner deiner sogenannten Freunde auch nur einen Gedanken an dich verschwendet."

Johanna starrte sie an. Das war definitiv nicht die Art von Zuspruch, die sie erhofft und erwartet hatte. Aber wahrscheinlich hatte Elfi sogar recht. Wer war sie denn schon? Die, die man nicht mit auf den Weihnachtsmarkt einlud, die Ex von Adrian, ein Nichts, ein Niemand. Sie ließ den Kopf hängen.

„Ich verstehe auch nicht, warum du diesem Kerl so hinterher

trauerst. So wie der dich behandelt hat? Also bei mir wäre da Schicht im Schacht."

„Davon …", Johanna biss sich auf die Lippen.

„Du meinst, davon verstehe ich nichts? Davon verstehe ich mehr, als du ahnst, Liebes. Auch ich war mal jung!" Elfi schmunzelte.

Das muss aber eine Weile her sein, dachte Johanna. Sie betrachtete Elfis faltiges Gesicht und ihre struppigen grauen Haare, die in einer wilden Frisur vom Kopf abstanden. Die Frau sah wesentlich älter aus, als Johanna zunächst angenommen hatte.

„Adrian ist die Liebe meines Lebens!", beharrte Johanna.

„Schnickschnack. Der Kerl hat dich betrogen, belogen und noch nicht einmal die Eier in der Hose, sich anständig von dir zu trennen. Den willst du doch nicht allen Ernstes zurück, oder?"

Doch, dachte Johanna trotzig. Zumindest den Adrian, in den sie sich vor zwei Jahren Hals über Kopf verliebt hatte. Der sie angelächelt hatte, wie er nun diese falsche Schlange Lara anlächelte. Schon allein der Gedanke daran trieb ihr erneut die Tränen in die Augen.

„Und noch etwas will ich dir sagen, Liebes. Jammern bringt nichts! Überhaupt nichts. Oder hast du damit irgendetwas erreicht?"

Nein, gestand sich Johanna widerwillig ein. Außer rotgeweinten Augen hatte ihr die ganze Heulerei nur drei Kilo mehr auf die Hüften gebracht. Im Gegenteil – während sie hier saß und Trübsal blies, tranken Adrian, Lara und die anderen in geselliger Runde Punsch. Ohne sie.

„Aber was soll ich denn machen?", fragte sie mit weinerlicher Stimme.

„Dir überlegen, was du wirklich willst. Das ist immer der erste Schritt." Elfi schaute sie aufmunternd an. „Stell dir vor, du wärst vollkommen frei in deiner Entscheidung. Was würdest du tun?"

„Weiß ich nicht." Johanna zuckte die Schultern.

„Das nehme ich dir nicht ab. Was wünschst du dir WIRKLICH?"

„Keine Ahnung", behauptete Johanna, was streng genommen

nicht der Wahrheit entsprach. Eigentlich wusste sie es ganz genau. Da war dieser fiese, kleine Gedanke, der ihr immer wieder durch den Kopf ging … Ich wünschte, dachte Johanna, Lara wäre tot. Dann wäre Adrian frei und würde zu ihr zurückkommen. Nächtelang hatte sie sich ausgemalt, wie sie in einem umwerfenden schwarzen Kleid auf Laras Beerdigung erscheinen würde. Alle Jungs würden sich nach ihr umdrehen, insbesondere Adrian, der sich fragen würde, wo um Himmels willen er bloß seine Augen gehabt hatte. Und der, nachdem sie eine einzelne weiße Rose auf Laras Grab gelegt hatte, an sie herantreten und nach ihrer Hand greifen würde. Tief in die Augen würde er ihr schauen und fragen, ob sie ihm noch einmal verzeihen könne …

„Liebes, das ist doch nicht dein Ernst, oder?"

Ertappt starrte Johanna Elfi an. Konnte die etwa Gedanken lesen oder hatte Johanna laut gedacht? Wie peinlich! Natürlich wünschte man niemandem den Tod, nicht wirklich jedenfalls, allerdings ließ sie die Vorstellung, die sich seit jenem verhängnisvollen Sonntag bei ihr eingenistet hatte, einfach nicht mehr los. Aber hatte sie Elfi eben tatsächlich an ihrem unzensierten Kopfkino-Blockbuster teilhaben lassen? Johanna lief knallrot an. Was mochte sie von ihr denken? Am besten vom Thema ablenken, über irgendetwas ganz anderes sprechen. Aber über was? Johannas Kopf war wie leergefegt, partout wollte ihr nichts Harmloses einfallen. Um Zeit zu schinden, trank sie einen weiteren großen Schluck. Über den Rand ihrer Tasse betrachtete sie die Regale im Hintergrund. Meine Güte, so viele verschiedene Marmeladensorten! Aprikose, Brombeere, Tollkirsche, Pflaume … Moment mal, Tollkirsche?! Das konnte nicht sein. Johanna blinzelte. Ach was, „Tolle Kirsche" war auf das Etikett gedruckt, zusammen mit einem lachenden Kirschengesicht. Was hatte sie denn da gerade bloß gelesen? Der Punsch hatte es anscheinend in sich, auch wenn man vom Alkohol nichts schmeckte.

„Sind Sie von den Landfrauen?", platzte sie mit dem ersten Gedanken heraus, der ihr in den Sinn kam.

Verblüffung zeichnete sich auf Elfis Gesicht ab. „Von den Landfrauen? Wie kommst du denn darauf?"

Johanna merkte selbst, wie seltsam sich die Frage anhören musste. „Na ich dachte, wegen der Marmeladen", improvisierte sie. „Die sind doch bestimmt alle selbst gekocht, oder?" Du lieber Himmel, etwas Dümmeres hätte ihr wohl nicht einfallen können. Elfi musste sie für komplett bescheuert halten …

„Also mit den Landfrauen habe ich nichts zu tun, auch wenn ich die Marmeladen tatsächlich selbst gekocht habe. Normalerweise bin ich mit meinem Stand als ‚Hexe Elfrieda' auf Mittelaltermärkten unterwegs. Dieses Jahr wollte ich es mal auf dem Weihnachtsmarkt versuchen, habe aber nur noch einen Platz hier in der Seitengasse bekommen. Lohnt sich nicht, sage ich dir, hier verirrt sich kaum einer her."

„Hexe Elfrieda? Sind Sie Wahrsagerin oder so was Ähnliches?", fragte Johanna beunruhigt. Sie musste an ihre tragende Rolle auf Laras fiktiver Beerdigung denken. Ein mulmiges Gefühl breitete sich in ihrer Magengegend aus.

„Nein, ich verkaufe Zaubertränke, Wundersalben, Liebestropfen …"

„Liebestropfen? Wirklich?" Johannas Augen wurden rund.

Elfi warf den Kopf in den Nacken und lachte schallend. „Selbstgemachtes aus meiner Küche! Du glaubst ja gar nicht, was die Leute einem alles abkaufen, wenn man es ihnen im Mittelaltergewand präsentiert." Sie griff nach einem Salbentiegel, den sie Johanna unter die Nase hielt. „Hexensalbe", krächzte sie mit verstellter Stimme, „nur zehn Silberlinge, schöne Maid!"

Unwillkürlich musste Johanna lachen. Mit ihrer gebogenen Nase ging Elfi garantiert als Eins-a-Hexe durch. „Und was ist da drin?", fragte sie neugierig.

„Ringelblumen, ein paar Tropfen Lavendelöl und dann noch ein bisschen was anderes." Verschwörerisch zwinkerte sie Johanna zu. „Geheimrezept!"

„Haben Sie das etwa alles selbst gemacht?" Nicht unbeeindruckt bestaunte Johanna Elfis umfangreiches Angebot.

„Freilich! Alle Zutaten stammen entweder aus meinem Garten oder sind auf Wiesen oder in Wäldern selbst gesammelt."

„Echt jetzt? Auch die ganzen Gewürze und Kräuter hier?"

„Aber sicher. Schau's dir ruhig an! Mutter Natur hat für alles das richtige Kraut parat."

Verwundert studierte Johanna die Aufschriften der kleinen Dosen, auf die Elfi zeigte. Bärenklau, Eisenhut, Knollenblätterpilzpulver?! Mit spitzen Fingern zog Johanna eines der Döschen aus der Auslage. Nicht, dass sie sich mit Pflanzen besonders gut auskannte, aber wenn sie sich recht entsann, waren die alle hochgiftig.

„Ist das hier auch so ein Mittelalterscherz?"

„Wieso? Knollenselleriepulver ist sehr gesund. Hilft bei Rheuma, hohem Blutdruck und besonders gut bei Verdauungsstörungen."

Knollenselleriepulver? Tatsächlich! Johanna starrte die kleine Dose an. Sie hätte schwören können, eben noch Knollenblätterpilzpulver gelesen zu haben, aber das konnte ja wohl nicht sein. Sie blinzelte noch einmal – tatsächlich, auch die anderen Dosen enthielten mit Bärlauch und Eisenkraut etwas Harmloses. Eindeutig hatte sie zu viel vom Punsch getrunken!

„Aber wirkt das denn auch?" Der Gedanke, dass jemand auf einem Mittelaltermarkt bei einer verkleideten Hexe Heilkräuter kaufen wollte, kam Johanna einfach nur merkwürdig vor.

Elfis Blick bohrte sich in ihre Augen. „Selbstverständlich wirkt das. Du musst nur fest genug daran glauben."

Johanna starrte Elfi an. Diese riesige Warze auf der Nase, die hatte sie vorher gar nicht bemerkt. Meine Güte, warum ging Elfi denn damit nicht zum Hautarzt? So musste doch heutzutage wirklich niemand mehr herumlaufen. Verlegen wandte sie den Blick ab und bemerkte, dass sie immer noch das Döschen in der Hand hielt.

„Behalte es." In Elfis Augen lag ein Funkeln. „Du wirst es brauchen können!"

Ein Schauder lief Johanna über den Rücken. Das Gespräch nahm eine Wendung, die ihr irgendwie unheimlich war. Wieder und wieder beschlich sie das beklemmende Gefühl, dass Elfi ihr direkt in die Seele blicken konnte. Sie stotterte ein „Dankeschön" und ließ das Döschen in ihrer Jackentasche verschwinden. Liebe Güte, im Punsch war doch mehr Alkohol, als sie vermutet hatte. Hoffentlich kam sie noch gut nach Hause! Auto fahren musste sie Gott sei Dank nicht mehr, aber sicherlich war es besser, wenn sie jetzt aufbrach. „Ich glaube, ich gehe mal so langsam", verkündete sie.

„Mach das, Liebes. Ich will auch Feierabend machen. Bin lange genug auf meinen alten Beinen." Elfi kicherte. „Und außerdem muss ich noch meinen Ambrosius füttern."

Ambrosius füttern? Wer war denn das jetzt schon wieder?

„Mein Kater. Rabenschwarz wie die Nacht und sehr eigen!"

Diesmal war Johanna sich sicher, ihre Frage nicht laut ausgesprochen zu haben. Zeit zu gehen, dachte sie, irgendetwas stimmt hier nicht. „Dann will ich auch nicht länger stören. Danke auf alle Fälle für den Punsch und auch für alles andere", sagte sie betont munter und stellte den leeren Tonbecher auf die Ablage zurück.

„Nichts zu danken, Liebes. Pass auf dich auf, ja? Und vergiss eines nicht – du kannst alles erreichen, wenn du nur fest genug daran glaubst."

Das einzige, was ich glaube, ist, dass ich hier raus muss und zwar schnellstens, dachte Johanna. Sie nickte brav, öffnete die Tür und stolperte nach draußen.

„Hoppla, Liebes. Geht's?", hörte sie Elfi fragen.

Johanna schloss kurz die Augen. Geht bestimmt gleich wieder, dachte sie. Normalerweise trank sie kaum Alkohol und vertrug auch nicht viel, damit hatte sie Adrian gerne aufgezogen. Sie atmete ein paar Mal tief durch. Die kalte Winterluft tat gut, das benebelte Gefühl verschwand innerhalb weniger Augenblicke. Was hatte sie sich da eben bloß eingebildet? Fast musste sie über sich selbst lachen. Ihre Nerven hatten ihr eindeutig einen Streich gespielt, Elfi hatte nur freundlich sein wollen und sich nett um sie gekümmert. Johanna drehte sich um, um ihr noch mal zuzuwinken, aber die Tür hatte sich bereits geschlossen. Verlassen lag die Gasse im Dunkeln.

So, dachte Johanna, und nun? Auf einmal verspürte sie keine Lust mehr, nach Hause zu gehen. Oft genug hatte sie in den letzten Wochen allein in ihrem Zimmer gehockt, außer Frust brachte das nichts. Vielleicht doch noch mal zurück zum Weihnachtsmarkt? Irgendwie fühlte sie sich so seltsam ... tatendurstig!

Beschwingt verließ Johanna die Seitengasse. Ihr Herz klopfte, als sie merkte, dass ihre Schritte sie wie von selbst in Richtung „Hansels Punschhäusl" trugen. *Was wünschst du dir WIRKLICH?* hallte Elfis Stimme dabei in ihrem Kopf. Woher der Gedanke gekommen war, hätte sie nicht sagen können, aber auf einmal wusste sie glasklar, was sie tun würde. Johanna ging schneller. Waren die anderen überhaupt noch da? Ihre Sorge war unbegründet, schon von Weitem sah sie die vertraute rote Daunenjacke. „Wer schmeißt die nächste Runde?", hörte sie Fynn gerade fragen, als sie den Tisch mit der Gruppe erreicht hatte. Natürlich antwortete niemand sofort, denn eine Runde Getränke für alle, das war nicht billig.

„Ich bin dran!", sagte sie in die Stille. Alle Köpfe flogen herum, sie starrten sie an. Johanna starrte zurück, von einem peinlich betretenen Gesicht zum nächsten. Selbst Lara wirkte leicht verunsichert. Johanna registrierte, wie Adrian beschützend seinen Arm um sie legte, aber das spielte jetzt keine Rolle mehr.

„Ich bin dran", wiederholte sie noch einmal. Kein Zittern in ihrer Stimme, im Gegenteil – Johanna fühlte sich so stark und selbstbewusst wie seit Wochen nicht mehr.

„Ihr nehmt doch alle noch einen Punsch, oder?", fragte sie freundlich.

„Klar doch!" Niklas berappelte sich als Erster. Typisch, der war immer knapp bei Kasse und in vorderster Reihe mit dabei, sobald jemand einen ausgab. Auch die anderen wirkten erleichtert. „Soll ich mitkommen und tragen helfen?", bot Fynn an, bevor Jule ihn in die Seite knuffen konnte. Johanna tat, als ob sie es nicht gesehen hatte.

„Danke, lieb von dir, aber ich bestelle erst mal. Bei so vielen Leuten dauert das immer ein bisschen. Wenn die Getränke fertig sind, rufe ich dich." Sie lächelte. Bevor jemand etwas erwidern konnte, hatte sie sich bereits auf den Weg zum Ausschank gemacht. In ihrem Rücken spürte sie die Blicke der anderen. Was die wohl jetzt über sie tuschelten? Aber auch das war ihr egal. Was zählte, war der Punsch. Es gibt eigentlich nichts, bei dem ein guter Punsch nicht helfen kann, das hatte sie heute gelernt. Johanna tastete in ihrer Jackentasche nach dem Döschen, das Elfi ihr geschenkt hatte. „Du musst nur fest genug daran glauben", hörte sie wieder Elfis Stimme in ihrem Kopf. Fest kniff Johanna die Augen zusammen und konzentrierte sich auf den einen, den einzigen Wunsch. Man muss nur fest genug daran glauben, dachte sie.

GANS ANDERS

Kennen Sie das Kochduell? Nein, nicht die Fernsehsendung, sondern der Wunsch, den anderen beim Kochen mal so richtig zu zeigen, wo der Löffel hängt?

In genau diesem Zustand des kulinarischen Wettrüstens befinden wir uns mit Tanja und Oliver, unseren Nachbarn. Manchmal denke ich wehmütig an die Zeit zurück, als wir uns einfach nur auf ein gepflegtes Bier getroffen haben. Vor zwei Jahren zog dann der von meiner Frau lang ersehnte Thermomix bei uns ein und stolz ergänzte sie beim nächsten Treffen die obligatorischen Salzstangen um eine kleine Auswahl selbstgemachter Dips.

Die Retourkutsche ließ nicht lange auf sich warten. Bei der Gegeneinladung hatte Tanja darum gebeten, Appetit mitzubringen. „Nur eine Kleinigkeit", wurde uns angekündigt, ganz zwanglos – nichts Großes. Tatsächlich servierte sie uns ein dreigängiges Menü auf einem passend zur Jahreszeit gedeckten Tisch. Kurzum – sie hatte uns reingelegt.

Unter dem Deckmantel wohlmeinender Essenseinladungen tobt seitdem ein erbitterter Konkurrenzkampf. Vordergründig pflegen wir die gute Nachbarschaft, tatsächlich aber geht es darum, die Gegenseite in die Knie zu kochen.

In diesem Jahr sind wir an der Reihe, am kommenden Adventssamstag das Nachbarschaftsessen auszurichten. Eine Frage der Ehre – Sie verstehen? Nach reiflicher Überlegung wird meine Frau dabei mit einem klassischen Gänsebraten ins Rennen gehen. „Das macht Eindruck", versichert sie mir. „Mit einer guten Vorbereitung kann dabei nichts schiefgehen."

Dass das wahre Leben bisweilen andere Pläne hat, stelle ich fest, als ich beim Biobauern unsere Gans abholen will. Ratlos schaut die Frau hinter der Theke auf meinen Bestellzettel. Gans Nr. 17 sei bereits abgeholt, von wem, wisse sie nicht. Meinen Vorschlag, alle Bestellungen noch einmal durchzusehen, winkt sie ab.

„Dazu ist es zu spät, wir schließen gleich. Kommen Sie am Montag wieder!"

„Aber haben Sie denn nichts anderes? Bei einer Verwechslung muss doch irgendetwas übrig bleiben ...?!"

Mit einem demonstrativen Blick auf die Uhr verschwindet sie im Kühlraum und kommt nach einer gefühlten Ewigkeit missmutig mit zwei Hähnchen wieder. Das sei alles, was sie noch gefunden hätte.

Können Sie sich vorstellen, was bei uns los ist, als ich anstatt mit der bestellten Gans mit zwei Hähnchen nach Hause komme? Meine Frau steht buchstäblich kurz vor einem Nervenzusammenbruch. Ob ich denen nicht was erzählt hätte? Und selbstverständlich hatte ich das Falsche mitgebracht. Hatten die denn nicht noch was Anständiges da, etwas, mit dem man sich nicht blamiert?

„Ich habe doch zwei grundanständige Hähnchen mitgebracht!", versuche ich mich zu rechtfertigen, aber davon will meine Frau nichts wissen.

„Das verstehst du nicht!", jammert sie. „Tanja löchert mich schon seit Tagen wegen des Menüplans. Damit sie Ruhe gibt, habe ich verraten, dass sie sich auf eine Gans freuen darf!"

Inzwischen ist es zu spät zum Einkaufen, da ist guter Rat teuer. Am Ende bleibt nichts anderes übrig, als mit dem „vorhandenen Material zu arbeiten". Das ist eines der Lieblingszitate von Gisela und genau die wird nun angerufen, um das Desaster zu retten. Gisela ist die Mutter meiner Frau. Sie vereint alle Eigenschaften, die man einem guten Schwiegerdrachen zuschreibt, aber eines muss man ihr lassen – in der Küche wirkt sie wahre Wunder.

Vier Stunden später ist das Werk tatsächlich vollbracht, die Tränen getrocknet und meine Frau wieder einigermaßen beruhigt. Die Hähnchen sind so zerteilt und auf der Servierplatte arrangiert, dass die Stücke keine Rückschlüsse auf die Form des ursprünglichen Tieres zurücklassen. Für alle Fälle habe ich noch die LEDs aus der Esstischlampe geschraubt. Bei Kerzenschein fällt vielleicht nicht ganz so schnell auf, was da auf dem Teller liegt.

Und tatsächlich geht am Anfang alles glatt. Die ersten Bissen verlaufen in andächtigem Schweigen. Meine Frau hat sich selbst übertroffen, mhmm, wirklich lecker! Erleichtert zwinkere ich ihr zu, als mein Blick auf Tanja fällt. Irgendetwas an ihrem Lächeln gefällt mir nicht.

„Das schmeckt ja wirklich ganz vorzüglich …“ Sie macht eine kleine Pause. „Aber sag mal, wolltest du dich nicht an einer Gans versuchen?“

„Das *ist* eine Gans!“, behauptet meine Frau tapfer.

„Ach wirklich?“ Tanja tut, als ob sie überlegt, aber ich kann ihr ansehen, dass sie lediglich zum nächsten Schlag ausholt. Sie hat gemerkt, dass etwas nicht stimmt.

Honigsüß stichelt sie weiter. „Sie schmeckt hervorragend – aber so ganz anders … Ich habe noch nie eine Gans gegessen, die so geschmeckt hat!“

Ich merke, wie sich bei mir ein Schalter umlegt. Nach all der mühsamen Vorbereitung glaubt diese dumme Nuss allen Ernstes, uns hier den Abend kaputt machen zu können. Das kann ich nicht zulassen!

„Die Gans ist eine Kobe-Gans!“, höre ich mich sagen und bin selbst ein wenig erstaunt über meine eigenen Worte.

Stille. Alle starren mich an.

„Eine Kobe-Gans?“ Oliver schaut interessiert auf seinen Teller. „Habe ich noch nie gehört!“

Ich setze nach. „Eine japanische Gans! So wie die Rinder. Kennt ihr doch – die werden von Hand liebevoll aufgepäppelt, massiert und bekommen jeden Tag eine Flasche Bier. Das reinste Paradies.

Ihr Fleisch ist Spitzenqualität und ausgesprochen exquisit – im Geschmack und im Preis!"

Unter dem Tisch tritt mich meine Frau. *Hör auf!* steht auf ihrer Stirn geschrieben, aber ich bin gerade richtig in Fahrt. Kennen Sie das, wenn einem die Gedanken quasi aus dem Nichts in genau der richtigen Reihenfolge in den Mund purzeln?

„Nachdem das mit den Rindern so gut funktioniert, haben die das nun auf Gänse ausgeweitet. Die bekommen jeden Tag mit einem weichen Lappen die Federn poliert und werden mit Milch gemästet. Das macht das Fleisch so zart und hell. Fast wie Hühnchen", ergänze ich.

Tanja kaut schweigend, das muss sie erst mal verdauen. Es passt nicht in ihr Weltbild, dass andere etwas haben, was sie nicht kennt. Oliver greift nach seinem Handy. Er ist der Typ, der, egal was man sagt, alles sofort googelt.

„Im Internet finde ich keine Kobe-Gans!" Fragend schaut er mich an. „Wie schreibt man das noch mal?"

„Natürlich steht das nicht im Internet, die sind ein absoluter Geheimtipp. Wo wäre denn das Besondere, wenn die jeder kaufen könnte? Außerhalb Japans sind Kobe-Gänse nahezu unbekannt!"

An den Mienen meiner Tischrunde erkenne ich, dass ich es etwas übertrieben habe. Tanja lehnt sich zurück und lächelt wie Siegfried, bevor dieser dem Lindwurm den alles entscheidenden Stich versetzt.

„Und diese besonderen Kobe-Gänse – wo habt ihr eure noch mal her?"

Shit! Da bin ich wohl etwas über das Ziel hinausgeschossen. Fieberhaft suche ich nach einer guten Ausrede, aber ausgerechnet jetzt will mir partout nichts einfallen. Gerade als die Stille unangenehm zu werden droht, legt meine Frau ihr Besteck zur Seite und schaut Tanja an.

„Von Ling!", sagt sie ganz ruhig. Nicht nur ich starre meine Frau fassungslos an, die munter fortfährt. „Ling hat ihre Eltern in der Heimat besucht und weil wir auf das Haus aufgepasst und ihre

Blumen versorgt haben, hat sie uns als Dankeschön eine Kobe-Gans mitgebracht."

Ling ist die neue Nachbarin, die vor einem Vierteljahr schräg gegenüber eingezogen ist und einen Kosmetik- und Massagesalon eröffnet hat.

„Lings Eltern sind nämlich Kobe-Gans-Züchter", füge ich hinzu, denn die Gesichter von Tanja und Oliver sind gerade einfach zu gut. „Sie überlegen, den europäischen Feinschmeckermarkt zu erschließen. Kobe-Gänse kann sich momentan nur die japanische Oberschicht leisten!"

Das sitzt, zumindest bei Tanja. Nur Oliver runzelt die Stirn.

„Aber Ling ist doch Chinesin?!"

„Das stimmt nicht, sie ...", will ich erklären, aber er unterbricht mich.

„Doch, das weiß ich genau. Über ihrem Bett hängt ein Bild mit einem Drachen und das ist eindeutig ein chinesischer Drache. Der chinesische Drache hat nämlich fünf Klauen, der japanische nur drei." Wie immer weiß er es wirklich besser.

„Woher weißt du denn, was unsere asiatische Nachbarin über ihrem Bett hängen hat?", fragt Tanja ihren Mann spitz. Das Wort „asiatisch" betont sie besonders deutlich und macht mit den Fingern eine Geste, als ob sie es in Anführungszeichen setzt. Oliver schaut, als hätte ihn die Kobe-Gans gezwickt.

„Schatz, das tut doch nichts zur Sache. Es ging doch nur um die Kobe-Gans. Die übrigens ganz hervorragend schmeckt!", versucht er die Situation zu retten. „Ist da Majoran in der Soße?"

Da hat er die Rechnung aber ohne Tanja gemacht. „Ich höre?", bohrt sie nach.

Oliver sackt sichtlich in sich zusammen. Zwar ist er ein notorischer Besserwisser, aber im Grunde seines Herzens kein schlechter Kerl. Tanja kann dagegen schon eine ziemliche Giftspritze sein. Ich beschließe, ihm zu helfen.

„Das war kurz nach ihrem Einzug. Wir Männer haben geholfen, einen Schrank aufzubauen. Alex und Steffi waren auch dabei."

„Genau …", ergänzt Oliver erleichtert. „Da wart ihr Mädels auf eurem Wander-Wochenende! Ich hatte das nur vergessen."

Tanja zieht vielsagend eine Augenbraue nach oben, sagt aber nichts. Zumindest vorerst nicht. *Darüber unterhalten wir uns noch!* versprechen die Blicke, die sie ihrem Mann zuwirft. Oliver tut mir ehrlich gesagt jetzt schon leid, trotzdem muss ich auf Nummer sicher gehen. Beim späteren Verabschieden klopfe ich ihm auf die Schulter.

„Ich bin mir übrigens gar nicht mehr so sicher, ob wir diesen Schrank tatsächlich gemeinsam aufgebaut haben", raune ich ihm ins Ohr. „Denk einfach nicht weiter über Kobe-Gänse nach, dann muss ich mir nicht überlegen, was ich an diesem Wochenende wirklich gemacht habe."

Er lächelt verkniffen, nickt aber.

Gefahr erkannt, Gefahr gebannt. Ich bin sicher, dass aus dieser Richtung nichts mehr zu erwarten ist. Versonnen schaue ich den beiden nach. Oliver ist wie gesagt kein schlechter Kerl, aber vom Leben hat er keine Ahnung. Da hilft auch das ganze Googeln im Internet nicht. Ling ist nämlich Thailänderin, das weiß ich ganz genau, weil sie es mir verraten hat. Und es ist ein thailändischer Drache, der da über ihrem Bett hängt. Ein ausgesprochen bequemes Bett übrigens, wenn Sie mich fragen!

RAGNARÖK

BETRETEN VERBOTEN stand in krakeligen Buchstaben auf dem Holzschild. Darunter etwas kleiner, dafür aber mit drei Ausrufezeichen *LEBENSGEFAHR!!!* Da meinte es anscheinend jemand ernst, auch wenn das Schild auf den ersten Blick wie ein Scherz aussah. Misstrauisch betrachtete Mike das verwitterte Stück Holz. Das Schild war selbstgemacht, die Buchstaben sahen aus wie von Hand geritzt. Wer hängt bitte im Wald ein selbstgeschnitztes Holzschild auf? Und warum? Wieso macht sich überhaupt jemand die Mühe, ein Schild zu schnitzen? So etwas konnte man doch fertig im Baumarkt kaufen, zusammen mit anständigen Sicherungsmaßnahmen. Wäre es hier wirklich so gefährlich, wie das Schild behauptete, hätte man doch die Gefahr mit einem ordentlichen Zaun in Schach gehalten, oder?

Mike spähte über die Zaunreste, an denen das Schild mehr schlecht als recht befestigt war. Ein paar morsche Pfosten, von denen Drähte herunterhingen, mehr war von der ursprünglichen Umzäunung nicht übrig geblieben. Dahinter eine Wiese, die auf den ersten Blick verlassen und harmlos wirkte. Eine Kuhweide vielleicht? Vor seinem geistigen Auge sah sich Mike vor einem herangaloppierenden Stier davonrennen, der ihn wutschnaubend über die Weide trieb. Andererseits, holte man Kühe im Winter nicht in den Stall? Weit und breit waren keine Tiere zu sehen, auch Futtertrog und Wassertränke fehlten. Ein Witz vielleicht? Oder das Schild war einfach alt und hing schon eine ganze Weile dort. Genau, das musste des Rätsels Lösung sein.

Zögernd tippte Mike an einen der lose baumelnden Drähte. Nichts passierte. Also kein Elektrozaun, das war schon mal gut. Er schwang erst das eine, dann das andere Bein über den Draht, hielt kurz inne und horchte aufmerksam. Wieder blieb es ruhig, weit und breit keine Menschenseele. Noch einmal schaute er sich um. Die Wiese schien weitläufig zu sein, die tatsächliche Größe ließ sich bei dem aufziehenden Nebel allerdings schlecht schätzen. Das halbhohe Gras war mit Raureif bedeckt, so wie es aussah, war hier anscheinend schon länger niemand mehr vorbeigekommen. Nirgends konnte Mike einen Trampelpfad entdecken, also stapfte er aufs Geratewohl los, nachdem er die Koordinaten seines Standpunkts in seinem Handy abgespeichert hatte.

Er war vielleicht fünf Minuten unterwegs, als sich aus dem trüben Licht etwas Dunkles zu schälen begann. Ein Baum, wie er beim Näherkommen feststellte, sogar ein ziemlich großer. Den schau ich mir mal genauer an, dachte er. Vielleicht fand sich ja hier die Möglichkeit, seinen Schatz zu verstecken? Als ihn vor gut drei Jahren ein Kumpel eingeladen hatte, ihn beim Geocachen zu begleiten, hatte sich Mikes Begeisterung in Grenzen gehalten. Natürlich hatte er schon von dieser modernen Art der Schnitzeljagd gehört, sich aber darunter nicht viel vorstellen können. Was sollte schon spannend daran sein, einen im Gelände versteckten Schatz anhand von Hinweisen und Rätseln aufzuspüren? Zumal die „Caches", wie die Schätze genannt wurden, meist nur aus einem wasserfesten Behälter mit einem kleinen Notizbuch darin bestanden, in das man seinen Namen und das Datum des Auffindens vermerkte. Lustlos und nur weil er nicht wusste, wie er aus der Nummer wieder rauskommen sollte, war er also an jenem verregneten Morgen mit Dominik losgezogen, um seinen ersten Cache zu suchen. Ein Tag, den er niemals vergessen würde – denn ab da war Geocachen zu seinem Leben geworden. Inzwischen verbrachte Mike fast jede freie Minute damit, Caches aufzuspüren oder sie selbst zu verstecken. Letzteres war mit sehr viel Aufwand verbunden. Man musste nicht nur eine Route austüfteln, sondern sich auch entsprechende Hinweise und Rätsel ausdenken, anhand derer andere Geocacher den versteckten

Schatz finden konnten. Dieses Jahr hatte er sich vorgenommen, die Community mit einem ganz besonderen Cache zur Weihnachtszeit zu überraschen, allerdings fehlte ihm bislang die zündende Idee für ein wirklich gutes Schlussversteck. Diese geheimnisvolle Waldwiese mit dem einsamen Baumriesen sah auf alle Fälle schon mal vielversprechend aus. Zumindest besser als alles andere, was er sich in den letzten Tagen angeschaut hatte.

Die Warnung des Holzschildes noch im Hinterkopf, hob Mike einen herumliegenden Ast auf, mit dem er den Boden abzuklopfen begann. Wer weiß, was ihn hier erwartete? Treibsand, Sümpfe, Tretminen? Letzteres zu erwarten, war wohl übertrieben, trotzdem schaute er sich vor jedem seiner Schritte sorgfältig um. Je näher er kam, desto imposanter sah der Baum aus. Riesig war der! Das schien wirklich der Baum aller Bäume zu sein! Eine Eiche vielleicht oder eine Buche? Mike kannte sich mit Bäumen nicht besonders gut aus, aber der hier war definitiv etwas Besonderes. Wie Säulen reckten sich drei dicke Stämme in den Himmel und trugen ein ausladendes Blätterdach. Und obwohl es mitten im Winter war, hatte dieser Baum sein Laub nicht abgeworfen. Zwar war es welk und braun geworden, hing aber noch fest an den verzweigten Ästen. Das wäre wirklich das ideale Versteck für seinen Schatz, der krönende Abschluss seines neuen Caches! In sicherem Abstand umrundete Mike den Baum ein weiteres Mal, aber immer noch war kein Mensch, kein Tier weit und breit zu entdecken. Und so sehr er den Baum auch von allen Seiten betrachtete, es fiel ihm nichts Gefährliches auf. Auch die Wiese ringsum sah unbedenklich aus. Soweit er es erkennen konnte, öffnete sich das Gelände in sanften Buckeln zu allen Seiten, die in der Ferne von Wald begrenzt wurden. Sonst gab es hier anscheinend nichts.

Mit seinem Handy fotografierte Mike den Baum von allen Seiten. Es lohnte sich, einige Bilder als Hinweis parat zu haben, falls sich der Cache als zu schwierig erweisen sollte. Er überprüfte die Fotos auf dem Display. Hervorragend! Ein bisschen Bildbearbeitung und der

Baum würde aussehen wie aus einem Fantasy-Epos. Zum perfekten Baum fehlte jetzt nur noch das perfekte Versteck, in dem er seine kleine Dose platzieren konnte. Komm schon, dachte Mike, irgendwo muss es hier doch etwas geben … Die besten Verstecke waren in der Regel so offensichtlich, dass erst gar niemand auf die Idee kam, dort nachzuschauen, eben weil es so naheliegend war. Den Cache im Zentrum der Stämme abzulegen, wäre allerdings auch wieder zu einfach, denn da würde man gleich als Erstes suchen. Vielleicht war irgendwo im Wurzelwerk ein Hohlraum verborgen? Oder er fand einen Stein, unter dem er die Dose verstecken konnte …

Mike umrundete den Baum ein weiteres Mal. Mit dem Fuß bog er das hohe Gras zur Seite, befühlte die Rinde und klopfte mit den Fingerknöcheln die Stämme entlang, aber alles klang massiv. Anschließend zog er sich an einem tief hängenden Ast ein Stück nach oben, suchte mit den Füßen an einem der Stämme Halt und führte seine Untersuchung eine Etage höher fort. Und tatsächlich wurde er am zweiten Stamm fündig. Auf der ihm abgewandten Seite ertasteten Mikes suchende Hände eine kleine, nach innen gewölbte Vertiefung. Sie fühlte sich trocken und sauber an. Er zog sich noch ein Stückchen höher, reckte sich und schob mit der anderen Hand seinen Schatz in die Aushöhlung. Perfekt – die kleine Dose passte ganz genau hinein. Für versierte Geocacher war das vielleicht nicht das raffinierteste Versteck, aber etwas Besseres würde sich in der Nähe des Baums kaum finden lassen.

Mike entschied, dass das reichen musste, stieß sich mit beiden Beinen ab und ließ den Ast los. Als seine Füße den Boden berührten, erklang ein eigenartig platzendes Geräusch. Als ob er auf etwas Pralles getreten war, das unter seinem Gewicht nachgegeben hatte. Zumindest hörte und fühlte es sich genau so an. Was war das bloß? Mike hob einen Fuß und inspizierte die Sohle seines Trekkingstiefels. Etwas Grünes klebte in den Rillen der Profilsohle, ein übler Geruch breitete sich aus. Energisch wischte er seine Füße am Gras ab. In was war er da reingetreten? Lag da etwa ein totes Tier, das verweste? Vorsichtig bog er die zertretenen Halme auseinander. Tatsächlich, da war etwas. Eine Menge grüner Schleim und mitten darin – ein Pilz! Klein und rund, ein bisschen wie ein Dosenchampignon. Nur die Farbe stimmte nicht, denn der hier war leuchtend grün. Mike bückte sich, um sich den Pilz besser in Augenschein nehmen zu können. Tatsächlich, da waren sogar noch mehr davon. Die kleinen Köpfe glänzten vor Feuchtigkeit. Anscheinend war es ein Pilz, auf den er getreten war. Er überprüfte die Sohlen seiner Schuhe. Die grünen Schleimfäden hatten unzweifelhaft die gleiche Farbe. Und wie das roch! Abermals wischte er die Sohlen am Gras ab, trat einen Schritt zurück und erwischte unfreiwillig einen weiteren Pilz. Tatsächlich wuchsen um den Stamm herum sogar jede Menge davon. Seltsam, dass die ihm vorher gar nicht aufgefallen waren ... War der Baum vielleicht doch kein gutes Versteck? Andererseits – bei der Vorstellung, dass andere auf der Suche nach dem Cache ebenfalls in dieses Schleimzeugs treten würden, musste Mike grinsen. Einen guten Cache muss man sich auch gut verdienen, dachte er schadenfroh. Vielleicht sollte er das sogar als Hinweis in die Beschreibung des vorletzten Hinweises aufnehmen und so seiner Schatzsuche den richtigen Kick geben?

Pfeifend machte er sich auf den Rückweg, der ihn zwangsläufig wieder an dem maroden Zaun mit seiner eindringlichen Warnung vorbeikommen ließ. Mike blieb stehen. Würde das Schild andere Geocacher davon abhalten, auf der Wiese nach seinem Schatz zu suchen? Ihm kamen die Regeln der Community in den Sinn. Es war nicht erlaubt, in Gebiete einzudringen, zu denen der Zutritt ausdrücklich verboten war. Völlig unnötig, seiner Meinung nach, wo blieb am Ende der Spaß, wenn man sich immer nur an Regeln hielt? Außerdem ging das Ding wohl kaum als Verbotsschild durch. Zumindest nicht offiziell, so wie es aussah. Daher galt die Warnung doch eigentlich nicht, oder? Wer weiß, wie viele Jahre es bereits hier hing? Mike hatte sich immerhin lange genug auf der Wiese aufgehalten, um feststellen zu können, dass da weit und breit keine Gefahr drohte. Bestimmt war das Schild einfach vergessen worden, ja, so musste es ein. Mike entschied, das Problem auf seine eigene Art zu lösen, bevor wieder irgend so ein Typ herumheulte und sich über ihn beschweren würde. Ein letztes Mal schaute er in alle Richtungen, und als er niemanden entdecken konnte, ließ er das Schild kurzerhand in seinem Rucksack verschwinden.

Daheim angekommen synchronisierte er als Erstes sein Handy mit dem Computer. Bereits seit einigen Tagen hatte er an der neuen Route getüftelt, nur das Ziel hatte ihm noch gefehlt. Da war ihm der Baum heute gerade recht gekommen. Was ein Zufall, dass er ihn überhaupt entdeckt hatte! Eigentlich kannte Mike die Gegend ziemlich gut, war er hier doch recht häufig unterwegs. Die versteckte Waldwiese war aber selbst für ihn eine Neuentdeckung. Er hätte gar nicht sagen können, wie oft er diesen Wanderweg bereits genommen hatte, und wäre auch heute einfach weitergelaufen, hätte ihn nicht ein dringendes Bedürfnis abseits ins Gebüsch geführt. Den schmalen Pfad, auf den er dabei aufmerksam geworden war, hatte man kaum erkennen können. Aus purer Neugier war er ihm gefolgt und hätte fast schon kehrt gemacht, wäre da nicht auf einmal dieses Schild aufgetaucht.

Die nächsten Stunden tüftelte Mike an seinem Cache, bis ihm irgendwann vor Müdigkeit die Augen zu fielen. Als er am anderen Morgen aufwachte, fühlte er sich wie gerädert. So beschissen hatte er schon lange nicht mehr geschlafen! Erst mal Kaffee, dachte er, danach würde die Welt schon wieder anders aussehen. Er blinzelte und rieb sich die Augen. Irgendetwas in seinem Schlafzimmer war anders als sonst, aber was? Hinter seiner Schläfe pochten Kopfschmerzen, daher dauerte es eine Weile, bis er darauf kam, was es war. Direkt vor seinem Bett auf dem Bettvorleger stand – ein Pilz. Mike glotzte ihn ungläubig an. Der Pilz sah exakt aus wie die, in die er gestern unter dem Baum getreten war. Klein, mit rundem Kopf – wie ein Dosenchampignon, nur eben giftgrün. Wie seltsam war das denn? Unweit davon entdeckte Mike einen zweiten, dahinter sogar noch mehr. Tatsächlich fanden sie sich in der ganzen Wohnung, wie er entgeistert feststellen musste. Die meisten wuchsen im Flur, unter seinem Schreibtisch und im Gang zum Bad. Hinter der Wohnungstür war sogar die ganze Fußmatte damit bedeckt, genau wie seine Trekkingstiefel, die er neben dem Fernseher in die Ecke gepfeffert hatte. Wo kamen die bloß auf einmal her? Hatte er irgendetwas eingeschleppt, aus dem sie über Nacht gewachsen waren? Wenn er sich recht entsann, vermehrten sich Pilze über Sporen. Wahrscheinlich war etwas davon an seinen Profilsohlen hängen geblieben und er hatte sie beim Herumlaufen in der ganzen Wohnung verteilt. Was war das bloß für ein Scheiß? Im fiel seine Mutter ein, die ihm immer in den Ohren gelegen hatte, dass Schuhe an der Wohnungstür ausgezogen gehörten. Eine Regel, die Mike geflissentlich ignorierte, seitdem er zu Hause ausgezogen war. Wozu kam schließlich einmal pro Woche die Putzfrau?

Er stöhnte genervt. Junge, wie hätte er denn so etwas ahnen können? Und dass sie sich dann auch noch so rasant ausbreiten würden … Was waren das überhaupt für Pilze? Essbar sahen sie jedenfalls nicht aus. Jonas, ein Kumpel aus Schultagen, schwor auf Pilze mit halluzinogenen Eigenschaften, vielleicht sollte er den mal fragen? Das wäre ja schon lustig! Vorsichtig tippte er dem direkt vor ihm stehenden Pilz auf den Hut. Die Oberfläche fühlte sich schleimig an. Mike roch an dem Sekret, das bei der Berührung an seiner Fingerkuppe kleben geblieben war. Es stank widerlich, irgendwie faulig mit einer säuerlichen Note. Abartig. Schon allein bei dem Geruch drehte sich einem der Magen um. Nein, danke, egal was das für Pilze waren, die wollte er auf gar keinen Fall konsumieren. Angewidert wischte er sich die Hand an seiner Jogginghose ab und seufzte verdrossen. Gar keinen Bock, das hier sauber zu machen! Eigentlich hätte er sich lieber ausgeruht, anstatt den Feudel zu schwingen … Ob er warten sollte, bis am Dienstag die Putzfrau kam? Andererseits, wenn er überlegte, wie viele Pilze in einer einzigen Nacht gewachsen waren, mochte er sich lieber nicht vorstellen, wie es hier in drei Tagen aussehen würde. Nein, da würde ihm wohl nichts anderes übrig bleiben, als selbst in den sauren Apfel zu beißen.

Die nächsten Stunden verbrachte Mike also mit Putzen. Im Schrank unter der Küchenspüle fanden sich Gummihandschuhe, die er als Erstes überzog. Damit machte er sich daran, die Pilze einzusammeln. Allein das dauerte viel länger als erwartet, da sie sich mit feinen weißen Fäden hartnäckig an den Untergrund klammerten. Anschließend betrachtete er skeptisch die Trekkingstiefel. Nahezu komplett waren sie mit Pilzen in allen Größen bedeckt, sogar innen wuchsen welche. Das sah nicht gut aus! Schade, die hatte er gerade erst im Herbst gekauft, sie waren fast noch neu, aber das nützte wohl nichts. Mit spitzen Fingern stopfte er sie in einen Müllsack, den er vor die Wohnungstür stellte. Danach saugte er lustlos Staub und entschied, dass das für heute genügen müsste. Bodenwischen würde er definitiv der Putzfrau überlassen. Bett- und Badvorleger wanderten in den Wäschekorb, den vollen Staubsaugerbeutel leerte er in den Müllsack zu den Trekkingstiefeln – fertig. Hätte seine Mutter ihn gesehen, sie wäre stolz auf ihn!

Den Rest des Tages würde er sich lieber damit beschäftigen, seinen Cache zu finalisieren. Das Schwierigste war, sich eine schlüssige Geschichte für seine Schatzsuche zu überlegen, in die er die Hinweise thematisch passend einbetten konnte. Dass es etwas mit dem Baum zu tun haben musste, lag auf der Hand. Da ihm partout nichts einfallen wollte, tippte er die Worte *Baum*, *groß* und *mächtig* in eine Suchmaschine und ließ sich die Ergebnisse anzeigen. Der erste Treffer empfahl ihm einen Spezialisten für Baumfällarbeiten, der zweite eine Baumschule mit einem besonders großen Sortiment heimischer Gewächse. Nein, das passte beides nicht und auch die nachfolgenden Vorschläge lieferten keine zündende Idee. Mike scrollte weiter, vorbei an Webauftritten von Gartenbauunternehmen, Baumsachverständigen und Baumrekorden. Holländische Linde, Trauerweide, Yggdrasil … Moment mal, das klang vielversprechend. Ein Klick auf den Link brachte ihn auf einer Seite über nordische Mythologie. Yggdrasil, las er, verkörperte als Weltenbaum den Kosmos. Begann Yggdrasil zu welken, war das ein eindeutiges Vorzeichen für das Ende der Welt. Das vertrocknete Laub des Baumes fiel ihm ein – na, etwas Besseres hätte er kaum finden können! Leider war Yggdrasil als Namensgeber bereits für diverse andere Caches in Verwendung, wie ihm eine kurze Überprüfung der Geocaching-Plattform anzeigte. Nein, da wollte er sich nicht einreihen. Was er brauchte, war ein einmaliger, ein besonderer Name. Mike widmete sich erneut der nordischen Mythologie, stöberte durch diverse Untermenüs und stieß letztendlich auf einen Begriff, von dem er von der ersten Sekunde an wusste, dass er am Ende seiner Suche angekommen war: *Ragnarök* – das Ende der Welt, der Untergang in Zerstörung und Chaos. Ja, so würde er seinen Cache nennen. Wenn das kein Zeichen war!

Mehr als zufrieden lud er am Abend die Daten auf die Geocaching-Plattform. *Ragnarök* würde sein Meisterstück werden! Normalerweise dauerte es eine Weile, bis neue Caches von den Administratoren geprüft und freigeschaltet wurden, aber Mike war versiert genug, um zu wissen, wie man diese Hürde umgehen konnte. *Ragnarök* war jetzt direkt online und somit für jeden sichtbar, der im entsprechenden Gebiet auf der Suche war. Wann wohl die ersten Kommentare eingehen würden? Vielleicht wäre es nicht schlecht, noch ein wenig die Werbetrommel zu schlagen und die Community zu informieren? *Ihr faulen Säcke, gönnt euch diese Route, ihr habt eh nix zu tun*, schrieb er an die Kontakte in seinem Adressbuch, bevor er sich erschöpft aufs Sofa fallen ließ. Da hatte er ganz schön viel geschafft für einen Sonntag, entsprechend platt fühlte er sich auch. Die Kopfschmerzen waren im Verlauf des Tages stärker geworden und auch der Zeigefinger seiner rechten Hand fühlte sich heiß an. Mike betrachtete den Finger. Direkt auf der Kuppe hatte sich eine Eiterblase gebildet, an der er herumdrückte, bis sie platzte. Ein Pflaster wäre eine gute Idee, aber im Badschrank ließ sich keines finden. Als Ersatz wickelte er Toilettenpapier um den Finger und fixierte es mit einem Gummiband.

Mike warf einen Blick Uhr, es war kurz nach neun. Normalerweise wäre eine Runde Playstation angesagt, aber selbst dazu war er zu müde. Er entschied, direkt schlafen zu gehen, so ausgepowert fühlte er sich. Zähneputzen würde heute ausfallen müssen, noch nicht einmal dafür reichte seine Kraft. Noch bevor sein Kopf das Kissen berührte, war Mike in einen unruhigen Schlaf gefallen.

Als er aufwachte, hätte er nicht sagen können, ob ihn die pochenden Schmerzen in der rechten Hand oder die hämmernden Kopfschmerzen geweckt hatten. Mühsam tastete er nach seinem Handy und aktivierte die Taschenlampenfunktion. Die rechte Hand fühlte sich an, als ob er in Brennnesseln gefasst hätte. Mit zusammengebissenen Zähnen entfernte er das Gummiband. Der Zeigefinger war dunkelrot und doppelt so dick wie die anderen. Die Verfärbung hatte sich ausgebreitet und reichte inzwischen fast bis zum Handgelenk hoch. Auch die Eiterpusteln waren wieder da, sie hatten sich vermehrt und bedeckten den ganzen Finger und einen Teil des Handrückens. F…, das sah nicht gut aus! Morgen würde er sich auf alle Fälle krankmelden. Der Chef würde motzen, aber das war egal. Wenn nur diese Kopfschmerzen nicht wären! Irgendwo mussten doch noch Tabletten sein … Mike stemmte sich hoch, um nachzuschauen. Nach zwei Schritten rutschte er auf etwas Glitschigem aus, verlor den Halt und fiel der Länge nach hin. Was war das? Das Handy, das ihm bei seinem Sturz aus der Hand gefallen war, schlitterte bis zum Türrahmen, prallte an der Kante ab und blieb schließlich etwa einen Meter vor ihm liegen. Mike erstarrte. Im Lichtkegel des Displays erkannte er – Pilze. Klein, mit rundem Kopf – wie Dosenchampignons, nur eben giftgrün. Dutzende, nein Hunderte davon. Sie waren alle wieder da, nein – sogar noch viel mehr davon. Der ganze Fußboden war bedeckt. Bei seinem Sturz hatte er gleich eine ganze Ladung davon zerquetscht, er lag mitten in diesem Pilzbrei, von dem sich ein bestialischer Gestank ausbreitete. Der Schleim klebte überall an seinem Körper, er spürte, wie die Feuchtigkeit langsam sein T-Shirt durchdrang. Allein der Geruch raubte ihm die Sinne ... Mike versuchte aufzustehen, fand aber keinen Halt auf dem rutschigen Boden. Er musste dringend ins Bad, das Zeug abwaschen und außerdem ... Der Gedanke war genauso schnell weg, wie er gekommen war. Irgendetwas Dringendes, nur was? Es hatte mit seinem Handy und dem Cache zu tun. Eine Welle aus Schmerz schoss durch seinen Körper, Mike konnte sich auf nichts anderes konzentrieren. Keuchend stieß er die Luft aus. Der Schmerz ebbte kurz ab, und da war er wieder, der Gedankenblitz. Er musste unbedingt noch jemandem Bescheid geben, aber wem? Und warum? Ehe Mike den Gedanken fassen konnte, hatte der sich schon wieder in einem Meer aus Feuer verflüchtigt. Seine Haut brannte, als wäre sie in Säure getaucht. Erschöpft schloss Mike die Augen. *Ragnarök* war das Letzte, das durch sein Bewusstsein zog, danach wurde es dunkel ...

Am nächsten Morgen verkündete ein Signalton den Eingang einer Nachricht auf Mikes Handy. Noah schrieb, jo, er hätte gerade echt nix zu tun und würde nächstes Wochenende Mikes Route gehen. Aber von Mike kam keine Antwort. Genauso wenig, wie er auf die Sprachnachricht seines Kumpels reagierte, die wenige Tage später folgte. *Echt creepy teilweise, aber geiler Cache. Was sind das eigentlich für ekelhafte Pilze?*

LAST MINUTE

Ganz ruhig. Nur keine Panik! Irgendwann ist schließlich immer das erste Mal. Auf die Atmung konzentrieren, tief ein- und wieder ausatmen, ein und aus … Das wird schon klappen! Oder? Was, wenn nicht? Im Theorieteil hatte sich alles so schön einfach angehört. Jetzt aber, auf sich allein gestellt, sah die Sache schon ganz anders aus. Immerhin war das der erste Klient, den er selbstständig und eigenverantwortlich betreuen würde. Da durfte bloß nichts schiefgehen! Und vor allen Dingen durfte man ihm auf keinen Fall anmerken, wie nervös er war. Das wäre nicht gut fürs Geschäft …

Also sicherheitshalber noch mal die Ausrüstung durchgehen: Sense rechts, Stundenglas links, gerade stehen und den Klienten mit ernstem, aber würdevollem Blick in die Augen schauen. Blickkontakt suchen, darauf kam es an. Gewissenhaft ging der Sensenmann ein letztes Mal Punkt für Punkt seine Checkliste durch. Der erste Eindruck zählt, das musste sitzen. Nicht auszudenken, wenn er den verpatzen würde!

Sorgfältig überprüfte er das Namensschild an der Haustür. *Hier lieben und leben die Lehmanns* stand in schnörkeligen Buchstaben auf einem getöpferten Schild, darunter baumelte ein Tannenzweig mit Christbaumkugeln. Sehr gut, die Adresse stimmte mit der Anzeige auf seinem Stundenglas überein, hier also wartete sein allererster Klient. Na, mit dem würde er sich besonders viel Mühe geben! Leider fehlte noch immer der Name, anscheinend gab es wieder mal Probleme mit der Datenübertragung. Jetzt, in der Weihnachtszeit, war einfach zu viel los, dauernd brach das Netz zusammen. Vielleicht war der Empfang im Haus ja besser. Ob er wohl kurz das WLAN-Netz von Familie Lehmann nutzen durfte oder wäre es unprofessionell, danach zu fragen?

Nachdenklich betrachtete er die weihnachtlich geschmückte Haustür. Solide sah sie aus, sehr solide sogar. Würde man sein Klopfen überhaupt hören? Vielleicht doch besser klingeln? Streng genommen war das nicht erlaubt. „Der Tod klopft an, er klingelt nicht!", hatte der Seminarleiter erklärt und auf die entsprechende Passage im Handbuch verwiesen. Leider stammte das Handbuch aus einer Zeit, als Haustüren noch kein solches Problem darstellten, heutzutage wurden sie nämlich aufgrund der ganzen Brand- und Lärmschutzauflagen immer massiver. Früher konnte man problemlos durch ein Klopfen auf sich aufmerksam machen, inzwischen war das nahezu ein Ding der Unmöglichkeit. Immer wieder hörte man von Kollegen, die unverrichteter Dinge umkehren mussten, weil man ihr Klopfen schlichtweg nicht gehört hatte … Wie peinlich! Aber nein, das würde ihm hier und heute hoffentlich nicht passieren. Das war zwar sein erster Klient, aber es wäre doch gelacht, wenn er diese Aufgabe nicht schaffen würde! Immerhin hatte er doch den Theorieteil „mit großem Erfolg" absolviert. Und lag nicht der Schlüssel zum Erfolg in einer guten Vorbereitung? Gerade hob er die Sense, um damit sachte anklopfen, als die Tür schwungvoll aufgerissen wurde.

„Super, dass Sie da sind – und so pünktlich!" Eine Frau strahlte ihn an, was den Sensenmann kurz aus dem Konzept brachte. Warum auch immer war er von einem Mann ausgegangen. Auf die Idee, es könne sich um eine Klientin handeln, war er gar nicht gekommen. Aber egal, Hauptsache, der Anfang war geschafft. Immerhin hatte die Frau ihn sogar freundlich begrüßt. Tatsächlich kam es bisweilen vor, dass die Kollegen von Klienten willkommen geheißen, ja geradezu erwartet wurden. Da würden die anderen aber staunen, dass ihm das gleich bei seinem ersten Auftrag passiert war!

Der Sensenmann lächelte geschmeichelt. Jegliche Nervosität war auf einmal wie weggeblasen, im Gegenteil, er fühlte sich ganz ruhig.

Das hier würde großartig werden! Er sammelte sich kurz, um mit würdevoller Grabesstimme die uralten Worte zu verkünden, die die letzte Reise eines jeden Klienten begleiteten. „Der Weg war weit. Ich bin gekommen …"

„Ist's okay, wenn wir uns duzen?", unterbrach ihn die Frau. „Ich bin Nina! Komm schnell rein, es ist kalt! Und da …" Sie wies auf einen Haufen Stiefel. „Schuhe aus!"

Der Sensenmann zögerte. Das lief nicht ganz so, wie er es geübt hatte. Vom Schuhe-Ausziehen war in den Vorlesungen nie die Rede gewesen, mal abgesehen davon, dass sich die hohen Schaftstiefel seiner Berufsgewandung nicht so einfach ausziehen ließen. Andererseits bestand durchaus ein gewisser Handlungsspielraum, um die Angelegenheit für den Klienten so angenehm wie möglich zu gestalten. Wenn das wirklich der letzte Herzenswunsch dieser Frau war, warum sollte er nicht ein wenig vom Protokoll abweichen und darauf eingehen?

Nina schaute ihn erwartungsvoll an. „Ich habe heute erst geputzt, weißt du. Und bei dem ganzen Splitt und Salz, das die gerade streuen, ist sonst alles ratzfatz wieder eingesaut. Wir geben dir auch gerne ein paar warme Socken."

Ein Mann tauchte im Flur auf. Er musterte den Sensenmann von oben bis unten, runzelte die Stirn und stellte sich mit einem knappen Nicken als Holger vor. Aha, die Frau lebte also nicht allein hier. War Holger möglicherweise sein Klient? Diskret schüttelte er nochmals das Stundenglas, aber das Update ließ auf sich warten. Was nun? Ohne den Namen des Klienten zu kennen, würde das Unterfangen schwierig werden. Zwar hatte er gelernt, dass die allermeisten Klienten entweder alt, krank oder beides waren, aber natürlich gab es auch Ausnahmen. Im Geiste ging er die Abbildungen aus dem Handbuch durch. Die beiden hier sahen jung und kerngesund aus, wenngleich dieser Holger ein Gesicht zog, als hätte ihm etwas auf den Magen geschlagen.

„Nina, kommst du mal kurz …" Mit einem Seitenblick, den der Sensenmann nicht so richtig zu deuten wusste, schob Holger Nina aus dem Flur in die Küche. Durch die halb geöffnete Tür konnte er erkennen, dass die beiden miteinander tuschelten. Eigentlich war es nicht in Ordnung, andere zu belauschen, andererseits könnte er so vielleicht erfahren, wer von beiden zu seinem Auftrag gehörte. Leise schlich er ein Stück näher, um besser horchen zu können.

„Nina, was soll der schräge Typ im Flur?"

„Das ist eine Überraschung!" Nina zögerte kurz, um es spannender zu machen. „Ich habe für die Kinder einen Nikolaus bestellt!"

„Du hast was? Einen Nikolaus? Das da …", Holger wies in Richtung Flur, wo es der Sensenmann inzwischen geschafft hatte, seinen linken Stiefel auszuziehen, „ist doch kein Nikolaus! Ein Nikolaus ist ein freundlicher älterer Herr mit einem weißen Bart in einem roten Anzug."

„Eben nicht! Die Mitarbeiterin vom Studentenwerk hat mir das genau erklärt. Der echte Nikolaus war der Bischof von Myra. Und der lebte im vierten Jahrhundert. Der, den du meinst, ist aus der Weihnachtswerbung von Coca-Cola. Und weil das Studentenwerk kapitalistische Strukturen nicht unterstützt, vermitteln die auch nur Studenten, die den echten Nikolaus darstellen!"

„Ich glaube kaum, dass der echte Nikolaus in solch einem Aufzug erschienen wäre. Hast du dir den mal genau angeschaut? Der sieht aus wie von Halloween übrig geblieben!"

„Das stimmt nicht!" Nina ließ sich nicht beirren. „Myra liegt in der heutigen Türkei. Weißt du etwa, wie die Leute da früher angezogen waren?"

„Schatz, das sieht beim besten Willen nicht wie ein historisches türkisches Gewand aus. Außerdem, warum hat er eine Sense dabei? Müsste das nicht eigentlich ein Bischofsstab sein?"

„Vielleicht hatten die nichts anderes mehr im Fundus?" Nina reckte trotzig den Kopf. „Keine Ahnung! Ich habe ihn last minute bestellt. Er war günstig!"

„Nina, die Kinder werden sich zu Tode erschrecken!" Holger klang ärgerlich. Bei diesem Stichwort spitzte der Sensenmann, der es inzwischen auch aus seinem rechten Stiefel geschafft hat, die Ohren. Das hörte sich doch auf alle Fälle vielversprechend an! Er betrat die Küche. „Ich wäre dann so weit!"

Wie von der Tarantel gestochen fuhren Nina und Holger auseinander. Sprachlos starrten sie auf die knöchernen Füße, die unter der schwarzen Kutte des Sensenmanns hervor lugten.

„Ähm …" Holger fing sich als Erstes wieder und räusperte sich. „Ich glaube, ich hole dir mal ein paar Strümpfe!"

Auf roten Wollsocken folgte der Sensenmann den beiden kurz darauf ins Wohnzimmer. Holger hatte sie ihm geradezu aufgedrängt, was den Sensenmann in einen Gewissenskonflikt gebracht hatte. Eigentlich durfte er nur Schwarz tragen, sein Einwand war aber geflissentlich überhört worden. Der Mantel sei doch lang genug, rote Socken würden da überhaupt nicht weiter auffallen, hatte Nina behauptet und augenzwinkernd zu Holger geflüstert, dass der Nikolaus ja nun doch etwas Rotes tragen würde. Was hatte sie bloß damit gemeint? Immerhin – das musste der Sensenmann zugeben – waren die Socken kuschelig weich. Und so lange ihn hier niemand von den Kollegen sah, war es wahrscheinlich nicht so tragisch.

Im Wohnzimmer warteten tatsächlich noch mehr potenzielle Klienten, wie er zu seiner Überraschung feststellen musste. Nina und Holger kannte er ja bereits, aber außerdem war da noch ein Mädchen im Vorschulalter und ein kleinerer Junge, der sich an ihre Hand klammerte. Auf einem Sofa thronte ein älteres Ehepaar und von einer Krabbeldecke hatte Nina ein Baby hochgehoben. Wie sollte er bloß aus so vielen möglichen Kandidaten den oder die Richtige identifizieren? Andererseits, wenn er an die Statistiken im Lehrbuch dachte, würde es sich am wahrscheinlichsten um einen von den beiden auf dem Sofa handeln. Er machte einen Schritt auf das Paar zu. Sämtliche Gespräche endeten abrupt.

„Kinder", Nina klang bemüht fröhlich in die plötzliche Stille hinein, „schaut mal, wer hier ist?! Der Nikolaus ist da!"

Alle starrten in seine Richtung. Von diesem Nikolaus war in der Küche schon die Rede gewesen, daher drehte sich auch der Sensenmann um, konnte aber niemanden hinter sich entdecken. Wie viele Menschen waren wohl noch in diesem Haus? Nahm das überhaupt ein Ende? So groß hatte es von außen gar nicht ausgesehen ... Etwas zupfte vorne an seinem Gewand.

„Schenk?"

Direkt vor ihm stand der kleine Junge, eine regelrechte Miniaturausgabe von Holger, zumindest guckte er genauso kritisch. „Schenk!", wiederholte er fordernd.

„Das heißt Ge-schenk!" Das Mädchen, anscheinend die große Schwester, schob den Jungen zur Seite. „Das ist der Theo." Sie zeigte mit dem Finger auf den Jungen. „Aber der kann noch nicht richtig reden! Außerdem muss man erst ein Gedicht aufsagen, bevor man ein Geschenk bekommt. Das weiß doch jeder!" Sie zögerte kurz und flüsterte dann mit verschwörerischer Miene: „Der kann gar kein Gedicht! Aber ich, ich kann ein Gedicht! Soll ich es dir sagen?"

„Leni, da sind wir ja echt gespannt!" Holger zog seine Tochter ein wenig weg vom Sensenmann. „Magst du dem Nikolaus dein Gedicht aufsagen?"

Da, schon wieder dieser Nikolaus! Mit dem hatten sie es aber heute. War das eventuell sein Klient? Der, wegen dem er heute hierhergekommen war? Wenn er doch nur einen Blick auf sein Stundenglas werfen könnte! Das hatte Nina allerdings als „nicht kindersicher" im Flur auf einer Kommode geparkt und auch die Sense hatte nicht mit ins Wohnzimmer gedurft. Er betrachtete Leni, die ihr Gedicht herunter leierte. Was sollte er jetzt bloß tun?

„Komm bald wieder in dies Haus, guter, alter ..."

„Was riecht hier denn so streng?" Die ältere Dame auf dem Sofa schaute sich fragend um.

„Shit! Meine Rouladen!" Mit einem Satz sprang Nina auf und drückte dem Sensenmann im Vorbeieilen das Baby in die Arme. „Da, halt mal kurz!" Ehe er protestieren konnte, war sie zur Tür hinaus, Holger hinterdrein. Unbehaglich starrte der Sensenmann das Baby an. Was, wenn es anfangen würde zu schreien? Tatsächlich verzog sich das kleine Gesicht, das Baby grunzte unwillig.

„Du musst ihn über die Schulter halten. Guck, so!" Mit einem Kissen zeigte Leni, wie man es richtig machte. „Und den Rücken klopfen, damit er ein Bäuerchen machen kann!"

Ihn? Ein Junge also. Etwa dieser Nikolaus? Mit dem gelben Strampler sah es eher wie ein Mädchen aus, wobei er sich aber eingestehen musste, von Babys keine Ahnung zu haben. In dem Alter sahen doch eh alle gleich aus, oder? Gehorsam begann er dem Baby den Rücken zu tätscheln. Was tat man nicht alles für zufriedene Kundschaft? Hauptsache, es schrie nicht und tatsächlich schien das Geklopfe zu funktionieren, das Baby beruhigte sich. Mit beiden Händchen krallte es sich in seine schwarze Kapuze und lächelte. Na also, dachte der Sensenmann, ist doch gar nicht so schwer. Vielleicht sollte er die Suche nach dem Klienten abkürzen, indem er einfach seine eigene Wahl traf? Drei Kinder waren teuer im Unterhalt und bedeuteten eine Menge Arbeit. So klein und handlich, wie das Baby war, würde er es gut unter seinen Umhang stecken und mitnehmen können. Vielleicht täte er Nina und Holger damit sogar einen Gefallen?

Wie aufs Stichwort erschienen beide im Wohnzimmer. Nina trug einen Schmortopf, aus dem dunkle Rauchwolken aufstiegen. „Ich glaube, unser Abendessen ist gerade gestorben!", seufzte sie betrübt. „Mir sind die Rouladen angebrannt!"

Alle schwiegen, nur das Baby begann beim Anblick seiner Mama erfreut zu strampeln. Ein Ruck ging durch den kleinen Körper, es rülpste vernehmlich. Der Sensenmann spürte etwas Feuchtes auf seiner Schulter, plötzlich roch es nach vergorener Milch.

„Uuups,", Leni kicherte, „der Moppel hat ihm auf die Schulter gebäuert!"

„Schätzchen, das kann passieren …" Holger beeilte sich, dem Sensenmann das glucksende Baby von der Schulter zu pflücken. Dabei musterte er ihn so finster, dass der Sensenmann sich unwillkürlich fragte, ob Holger etwas von seinen Überlegungen mitbekommen hatte. Okay, vielleicht war das mit dem Baby keine so gute Idee. Sollten sie es doch behalten, wenn sie es unbedingt wollten … Ein beunruhigender Gedanke kam ihm in den Sinn. Was, wenn Holger doch sein Klient war? Irgendwie hatte er den Eindruck, dass der ihn nicht leiden konnte. Den mitnehmen zu müssen, würde mehr als unangenehm werden …

Nina unterbrach seine Überlegungen. „Entschuldige bitte! Das tut mir echt soooo leid … Heute ist echt einer dieser Tage, an dem alles durcheinandergeht."

„Aber Nina-Kind, das ist doch alles kein Drama." Die ältere Dame war aufgestanden. „Um den jungen Mann hier …", sie tätschelte dem Sensenmann den Arm, „kümmere ich mich. Das wasche ich ruckzuck aus. Sie werden sehen, man sieht hinterher nichts mehr. Darf das in den Trockner?" Prüfend rieb sie den Stoff seiner Kutte zwischen den Fingern. „Was ist das denn – Baumwolle?"

Der Sensenmann zuckte die Achseln. Die Berufsgewandung wurde gestellt, ums Waschen und Bügeln musste er sich nicht kümmern. Ein Umstand, den er insgeheim sehr begrüßte.

„Danke, Mama! Ich bring das hier zurück in die Küche. Mal schauen, was …" Ein schabendes Geräusch drang aus dem Flur, gefolgt von einem Poltern. Klirrend zerbrach etwas auf dem Fliesenboden. Alle stürzen in den Flur. Inmitten eines Haufens aus Sand und Glassplittern stand – Theo. „Schenk?", fragte er weinerlich.

„Theo! Mein Schatz, ist dir was passiert?" Nina schnappte sich das Kind. Es knirschte vernehmlich unter ihren Füßen.

„Ich glaube, das war diese komische Sanduhr!", vermutete Holger mit einem demonstrativen Blick auf den Sensenmann.

Bedrückt ließ Nina den Kopf hängen. „Auch das noch! Dabei dachte ich wirklich, ich hätte sie außer Reichweite gestellt. Ich wusste doch, dass das nichts für Kinder ist!"

„Aber das ersetzt doch bestimmt die Hausratversicherung", schlug der ältere Herr vor, der sich bis jetzt zurück gehalten hatte. „Und wenn nicht", er strich Theo tröstend über den Kopf, „kann bestimmt der Opa für den Schaden aufkommen."

Und so kam es, dass der Sensenmann sich kurze Zeit später im Kreise der Familie am Esstisch wiederfand. Der weiße Bademantel, den er trug, hatte ihm Ninas Mutter ins Badezimmer gereicht. Tatsächlich hatte sich der Milchfleck rückstandslos auswaschen lassen und während seine Kutte im Trockner Runde um Runde drehte, hatte Nina für alle Pizza bestellt.

„Keine Widerrede, du bist eingeladen!", erklärte sie, während sie dem Baby mit einer Serviette den Sabber vom Kinn wischte. „Das ist das Mindeste, was wir tun können! Wir wussten nicht, was du gerne magst, aber Pizza Salami ist okay, oder?"

Es klingelte.

„Wer ist das denn? Erwartet ihr noch Besuch?" Ninas Mutter stand auf. „Bleibt sitzen, ich gehe schon!"

„Was studieren Sie eigentlich, ich meine, was wollen Sie später mal beruflich machen?", erkundigte sich Ninas Vater, während er Leni ein weiteres dampfendes Stück Pizza auf den Teller legte.

Der Sensenmann räusperte sich. Zumindest darauf war er vorbereitet. „Ziel ist es", zitierte er das Leitbild seiner Zunft, „Menschen in ihrem Veränderungsprozess zu begleiten."

„Change-Management?" Ninas Vater nickte zustimmend. „Ganz großes Thema, das hat Zukunft!"

Im Flur erklang Stimmengemurmel, dann betrat Ninas Mutter mit einem eigenartigen Gesichtsausdruck wieder das Wohnzimmer. Ihr folgte ein junger Mann in einem weißen Gewand und einer hohen, spitzen Mütze auf dem Kopf. In einer Hand hielt er einen Bischofsstab, unter dem anderen Arm klemmte ein goldenes Buch. Er schnaufte vernehmlich durch seinen falschen weißen Bart.

„Sorry, es ist glatt wie sonst was, deswegen die Verspätung, aber ich hab alles und wir können sofort anfangen."

„Wer sind Sie denn?", erkundigte sich Holger.

„Servus, Marcel hier vom Studentenwerk, Sie hatten doch …?" Marcel zückte sein Handy. „Seid Ihr nicht die Familie Lehmann?!"

„Das schon, aber Ihr Kollege hat doch bereits …" Ninas Vater deutete auf den Sensenmann, den ein ungutes Gefühl beschlich. Irgendetwas lief hier ganz und gar nicht lehrbuchmäßig …

„Ich wusste doch, dass mit dem Kerl was nicht stimmt!", platzte Holger heraus. Auf seiner Stirn begann eine Ader zu pochen. „Und ich will SOFORT wissen, wer Sie sind!", herrschte er den Sensenmann an, der unbehaglich den Kopf einzog.

„Ich wollte doch nur alles richtig machen! Davon war im Seminar keine Rede …", begann er sich zu rechtfertigen, wurde aber von Holger scharf unterbrochen.

„Was richtig machen, was für ein Seminar? Raus mit der Sprache – sonst rufe ich die Polizei!"

Der Sensenmann erschrak. Kontakt mit der Polizei war tunlichst zu vermeiden. Die nannten sich zwar Freund und Helfer, hatten aber so eine eigene Art, sich in Aufträge einzumischen. War die Polizei erst mal im Spiel, konnten Klienten am Ende meist nur schwer zum Mitkommen bewegt werden. Blieb also nur die Flucht nach vorn … Zögernd begann er von seiner Umschulung zu berichten. Es war nicht einfach, auf dem zweiten Arbeitsmarkt unterzukommen. Die Ausbildung dauerte insgesamt ein Jahr, aber das Jobcenter übernahm sämtliche Kosten. Sechs Monate hatte er das Theorieseminar besucht, seit heute war er im Praxissemester, was bedeutete, dass er nun die Hausbesuche allein übernehmen würde.

„Natürlich bekommen wir erst mal die Schichten, die die anderen nicht haben wollen – Wochenende, Feiertage, Fußballländerspiele und so weiter. In einem halben Jahr ist die Prüfung und wenn ich die bestanden habe, darf ich mich ‚Gevatter Tod' nennen", beendete er seinen Bericht.

„Gevatter Tod?", Holger brüllte es fast, „Der ist hier, um …"

„Holger, beruhige dich doch!" Mitleidig betrachtete Ninas Mutter den Sensenmann. „Die jungen Leute haben es heute gar nicht so einfach. Eine solide Berufsausbildung ist doch das A und O." Sie erhob sich. „Ich werde mal schauen, wie weit der Trockner ist."

„Eine solide Berufsausbildung?! Habt ihr überhaupt kapiert, warum der …", Holger zeigte mit dem Finger auf den Sensenmann, „heute Abend hier ist?"

Die Stille, die auf seine Worte folgte, hätte man mit einem Messer schneiden können.

„Aber ich weiß jetzt eh nicht, wie ich meinen Auftrag beenden soll …", jammerte der Sensenmann. „Das Stundenglas ist doch kaputt!"

„Was hat das denn damit zu tun?" Nina schaute ihn fragend an.

„Darauf erscheint der Name des Klienten. Aber die Datenübertragung hat nicht richtig funktioniert, da stand nur diese Adresse. Ich dachte, es berappelt sich wieder, wenn ich erst mal nah genug dran bin, aber so weit bin ich ja gar nicht gekommen. Ihr habt das Glas ja gleich im Flur abgestellt."

„Na da haben wir jetzt aber wirklich Pech gehabt!" Holger klang ironisch.

„Jetzt lass ihn doch mal ausreden!" Nina nickte dem Sensenmann aufmunternd zu. „Ich meine, was passiert dann normalerweise? Also wenn das Glas richtig funktioniert?"

„Gemeinsam mit dem Klienten betrachten wir in stiller Andacht, wie die letzten Sandkörner verrinnen. Dann machen wir uns gemeinsam auf die letzte Reise." Der Sensenmann lächelte versonnen. Diesen Moment hatte er sich immer so schön ausgemalt.

„In stiller Andacht – so ein Schmarrn. Nina, du und deine Mutter, ihr habt aber auch für alles und jeden Verständnis!“, polterte Holger.

„Aber genau so steht es doch in den Schulungsunterlagen!“, beharrte der Sensenmann.

Holger schnaubte. „Das kann nur jemand geschrieben haben, der vom wirklichen Leben keine Ahnung hat.“

„Und der keine Kinder hat!“, ergänzte Nina mit einem Blick auf Theo. „Nein, kindersicher sind eure Stundengläser auf alle Fälle nicht, das stimmt. Aber was willst du jetzt machen? Wie geht es weiter?“

„Keine Ahnung.“ Der Sensenmann ließ den Kopf hängen. „Jeder nicht erfolgreich zu Ende gebrachte Auftrag bedeutet Punktabzug. Im Praxissemester brauche ich aber eine einhundertprozentige Erfolgsquote, sonst gilt es als nicht bestanden.“ Darauf wusste erst einmal niemand etwas zu sagen.

„Ähm ...“, unterbrach der Neuankömmling im Bischofsgewand die Stille. „Braucht ihr mich jetzt eigentlich noch oder nicht?“ Fragend schaute er in die Runde.

Nina schüttelte den Kopf. „Ich glaube, unser Bedarf an heiligen Männern ist für heute gedeckt. Aber selbstverständlich bezahle ich dich. Magst du auch ein Stück Pizza? Es ist noch genug übrig!“ Dazu sagte Marcel nicht Nein. Die Lehmanns waren sein letzter Termin und außer Plätzchen hatte er heute noch nicht viel gegessen. „Na dann greif zu, die wird sonst eh nur kalt.“ Nina schob Marcel einen Teller hin.

„Ja, nimm ruhig. Mir jedenfalls ist der Appetit vergangen. Erst die Rouladen, dann das jetzt ...“ Holger war anzumerken, dass er sich nur mühsam beherrschen konnte.

„Hey – das ist es vielleicht!“ Ninas Miene hellte sich auf.

Ihr Mann schaute sie verständnislos an. „Was meinst du?“

„Na die Rouladen! Ich habe euch doch die angebrannten Rouladen gezeigt. Erinnerst du dich noch daran, was ich gesagt habe?“

„Nein, was denn?“

„Ich habe gesagt, dass das Abendessen gerade gestorben ist!"

„Und?" Holger verstand nicht, was seine Frau ihm sagen wollte.

„Das wäre doch die Lösung! Wir geben ihm die ‚gestorbenen' Rouladen mit. Dann müsste doch streng genommen die Aufgabe erfüllt sein, oder?"

Holger tippte sich an die Stirn. „Genau, das Abendessen ist gestorben! Da werden die anderen Spinner in diesem seltsamen Seminar schwer beeindruckt sein, wenn der Knaller hier mit verkohlten Rouladen zurückkommt."

„Holger! Es reicht jetzt!" Mit der flachen Hand schlug Nina empört auf den Tisch, aber Holger ließ sich nicht bremsen.

„Das kommt von deinen verdammten Last-Minute-Schnäppchen", hielt er verärgert dagegen. „Immer billig, billig, immer auf die letzte Minute. Und jetzt, jetzt hast du dir tatsächlich deine eigene ‚Last Minute' bestellt!" Er lachte unfroh und nahm einen Schluck Rotwein. „Hast du dir mal überlegt, wer von uns nun mit ihm … Du weißt schon. Möchtest du vielleicht oder soll ich, Schatz?"

„Aber Kinder, wer wird denn am Nikolausabend streiten?" Mit einer Flasche Schnaps und passenden Gläschen war Ninas Mutter wieder im Wohnzimmer aufgetaucht. „Es ist doch noch überhaupt nichts passiert! Wir trinken jetzt erst mal auf die Gesundheit und dann schauen wir weiter. Die jungen Leute nehmen auch einen?"

Bevor der Sensenmann dankend ablehnen konnte, hatte sie ihm bereits ein randvoll eingeschenktes Glas vor die Nase gestellt. Alkohol im Dienst war nicht erlaubt, diesbezüglich waren die Vorschriften sehr streng. Nicht auszudenken, wenn er zu diesem ganzen Schlamassel auch noch mit einer Fahne zurückkommen würde … Schnell schob er das kleine Glas zu Marcel weiter. „Runter damit!", prostete der munter und ließ sich beide Gläser ein zweites und gleich noch ein drittes Mal nachschenken. Als er schließlich aufstand und verkündete, langsam gehen zu wollen, musste er sich kurz am Tisch festhalten. „Ich will noch zu 'ner Party." Er grinste vielsagend.

„Na dann wollen wir euch mal nicht aufhalten", entgegnete Ninas Mutter. „Die Kutte ist übrigens auch trocken. Hängt im Bad und ist wie neu geworden!" Sie lächelte zufrieden.

Der Aufbruch gestaltete sich umständlicher, als erwartet. Marcel, bei dem die Schnäpse langsam ihre Wirkung entfalteten, wollte unbedingt seinen Bischofsstab gegen die Sense tauschen und Nina bestand tatsächlich darauf, die angebrannten Rouladen einzupacken. „Die nimmst du mit, für alle Fälle", sagte sie bestimmt und drückte dem Sensenmann ein kleines Päckchen in die Hand. „Viel Glück!"

„Und passt auf, es ist glatt heute Abend", rief Ninas Mutter und winkte zum Abschied. Schneller, als es ihm lieb war, fand sich der Sensenmann mit dem angeheiterten Marcel auf der Straße wieder. Ich fasse es nicht, dachte er enttäuscht. Sollte das etwa alles gewesen sein? Sein erster Auftrag, sein erster Klient eine solche Pleite? Erfahrene Kollegen hatten geschwärmt, dass das erste Mal etwas ganz Besonderes sei, etwas, das man nie vergessen würde. Tja, das hier würde er tatsächlich nie vergessen, aber so hatten die anderen es wahrscheinlich nicht gemeint. Einfach weggeschickt zu werden wie so ein Haustürvertreter, wie unglaublich demütigend war das denn? Er hatte sich doch so gewünscht, eine besondere Beziehung zu seinem ersten Klienten aufbauen zu können. Stattdessen wirkten die Lehmanns regelrecht erleichtert, als sich endlich die Tür hinter ihnen geschlossen hatte. Was sollte er jetzt bloß tun?

„Dachtest du eigentlich, heute wär Halloween, oder warum bist du so angezogen?", unterbrach Marcel seine Grübeleien. Er schwankte leicht und hatte sich auf seinen Bischofsstab gestützt. Als der Sensenmann nicht antwortete, zuckte er die Schultern. „Also ich zieh jetzt ab, bis dann", nuschelte er in seinen falschen Bart. „Man darf die Girls nicht warten lassen!"

Dass so ein daher gelaufener Student ihn auch noch belehrte, das fehlte ihn jetzt gerade noch, dachte der Sensenmann verärgert. Was glaubte der Kerl eigentlich, wen er hier vor sich hatte? Selbstverständlich ließ man Klienten nicht warten, vollkommen egal ob es sich um Girls oder späte Mädchen handelte. Pünktlichkeit und Zuverlässigkeit in seinem Job waren schließlich das A und O. Marcel schien seinen Ärger aber nicht zu bemerken. Er packte den Sensenmann am Arm. „Genau, ich nehm dich einfach mit!", rief er begeistert. „Ja, ich glaub, ich könnte dich mit zur Party bringen!"

Im Leben nicht, dachte der Sensenmann. Am Ende war er noch dafür verantwortlich, dass der Kerl mit heiler Haut nach Hause kam. Bei der Glätte konnte ja sonst was passieren ... Energisch schüttelte er den Kopf. „Nein, danke, geh du mal alleine zu deiner Party."

„Echt nicht?" Marcel zuckte die Achseln. „Schade, aber wenn du kein Bock hast ... Man sieht sich!" Unsicheren Schrittes steuerte er auf sein Fahrrad zu und begann, am Schloss zu nesteln. Angesäuert starrte ihm der Sensenmann hinterher. Der ganze Abend für die Katz! Die Rückkehr ins Seminarhaus mochte er sich gar nicht vorstellen. Mit Hohn und Spott würden sie ihn überhäufen, wenn sie die verbrannten Rouladen sehen würden ... Und das alles nur, weil das Stundenglas nicht korrekt gearbeitet hatte! Die Gläser von heute waren eben auch nicht mehr das, was sie früher mal waren. Billige No-Name-Produkte aus Fernost, keine Qualitätsware. Mit einem ordentlichen Stundenglas wäre ihm das garantiert nicht passiert. Überall wurde eben gespart, auch an der Ausrüstung ... Er beobachtete Marcel, der umständlich sein Fahrrad bestieg und versuchte, trotz glatter Fahrbahn und dem unhandlichen Bischofsstab das Gleichgewicht zu halten. Der erste Versuch schlug prompt fehl – das Fahrrad brach aus, Marcel hatte sich beinahe lang hingelegt. „Shit", hörte er ihn murmeln, bevor er einen zweiten Versuch startete. Diesmal schien er mehr Glück zu haben. Schwungvoll setzte sich das Rad in Bewegung. „Jawoll, ich bin der Nikolaus!", schrie er triumphierend und trat in die Pedale.

Der Nikolaus? Der Sensenmann horchte auf. Moment mal! Der da? Hatte der Typ sich vorhin nicht als Marcel vorgestellt? Andererseits, vielleicht war Nikolaus ja so eine Art Codewort, wer weiß? Konnte das möglich sein? Vielleicht hatte das Stundenglas ja gar nicht falsch gearbeitet! Das würde bedeuten, dass er hier genau richtig war, oder? Hatte der Seminarleiter nicht immer gesagt, alles sei eine Frage des Timings?

„Hey!", rief er Marcel hinterher, der es inzwischen bis zur Straßenecke geschafft hatte. Der Sensenmann beeilte sich, ihn einzuholen.

„Du da, Nikolaus, warte mal. Ich hab's mir anders überlegt. Ich werde dich doch begleiten …" Er grinste zufrieden in seine Kapuze hinein. Wäre doch gelacht, wenn er heute seine 100-Prozent-Quote nicht doch noch erfüllen würde!

POLITISCH KORREKT

„Und, weißt du schon, was du morgen bei der Weihnachtsfeier vortragen wirst?"

„Da habe ich mich noch nicht entschieden. Zuerst hatte ich an die Weihnachtsgeschichte gedacht – Lukasevangelium, ganz klassisch. Inzwischen habe ich da aber so meine Zweifel, ob das wirklich das Richtige für diesen Anlass ist."

„Wieso? Was soll an der Weihnachtsgeschichte verkehrt sein?"

„Na hast du dir den Text mal aufmerksam durchgelesen? Der ist politisch absolut nicht korrekt!"

„Politisch nicht korrekt, was meinst du denn damit? Zugegeben, ist schon eine Weile her, dass ich die Weihnachtsgeschichte gelesen habe und an den genauen Wortlaut erinnere ich mich auch nicht mehr, aber ich wüsste nicht, dass mir da was Besonderes aufgefallen wäre."

„Auf den ersten Blick klingt tatsächlich alles harmlos, aber wenn du dir den Text mal ganz genau anschaust, werden da Dinge ausgesprochen, die man heutzutage mit gutem Gewissen so nicht mehr sagen kann. Stell dir vor, nachher fühlt sich noch jemand diskriminiert ... Auf wen fällt es am Ende zurück?"

„Auf den Lukas? Vielleicht wusste er es einfach nicht besser."

„Unsinn! Auf mich natürlich! Ich stehe doch als 1. Vorsitzender da vorne und verkünde die frohe Botschaft. Und du weißt ja, wie das heutzutage ist. Da möchte ich lieber kein Risiko eingehen."

„Kann ich verstehen. Aber sag mal, ist es wirklich so schwierig? Hast du ein Beispiel?"

„Ein Beispiel? Der ganze Text strotzt nur so vor Fettnäpfchen. Allein schon der Anfang *Es begab sich aber zu der Zeit, dass ein Gebot ausging von Kaiser Augustus…*"

„Was stört dich denn daran?"

„Mich stört, dass hier eine nicht mehr zeitgemäße Herrschaftsstruktur propagiert wird. Wir leben schließlich in einer Demokratie und sollten uns daher auch für unsere demokratischen Werte stark machen."

„So habe ich das noch gar nicht gesehen, aber ich gebe dir Recht, dann kann man das so nicht im Raum stehen lassen."

„Aber was soll ich nun damit machen?"

„Ganz einfach: Du übersetzt den Text in eine zeitgemäße und moderne Sprache. Texte anzupassen, um sie von veralteten und politisch unkorrekten Formulierungen zu bereinigen, ist doch inzwischen ganz normal."

„Wirklich?!"

„Aber sicher doch. Sogar in Pippi Langstrumpf wurde aus dem Negerkönig ein Südseekönig. Und mit Deiner Position in unserem Verein hast du eben auch eine Vorbildfunktion und kannst da gar nicht vorsichtig genug sein."

„Das stimmt. Prinzipiell ist deine Idee schön und gut, aber weiter hilft sie mir mit meinem Text nicht. Auch ein Südseekönig ist und bleibt schließlich ein Monarch."

„Dann lass den Kaiser halt weg und sag einfach, dass demokratisch ein Gebot beschlossen wurde."

„Das wäre natürlich eine Möglichkeit…"

„Aber klar doch! Überleg doch nur mal, wie unsere Vorfahren für unsere Grundrechte gekämpft haben."

„Das ist nicht von der Hand zu weisen. Beruhigt mich auf alle Fälle, dass auch du da ein Störgefühl empfindest. Ich glaube, ich werde deinen Vorschlag übernehmen."

„Na siehst du. Hast du denn noch mehr kritische Stellen gefunden?"

„Jede Menge, sogar gleich im nächsten Satz. *Und jedermann ging, dass er sich schätzen ließe, jeder in seiner Stadt. Und diese Schätzung war die allererste ...* Das entspricht mit Sicherheit nicht den geltenden Datenschutzbestimmungen. Soweit ich weiß, dürfen personenbezogene Daten nur mit ausdrücklicher Zustimmung erhoben und verarbeitet werden. Davon lese ich hier überhaupt nichts."

„Du glaubst also, hier wird ein Datenmissbrauch angedeutet?"

„So sieht's aus. Allein den Grund der Reise zu erwähnen, ist unnötig. Es bleibt schließlich jedem selbst überlassen, warum man wann wohin reist, oder?"

„Das geht wirklich niemanden etwas an. Was hältst du stattdessen von *Und alle gingen, wo auch immer sie hinwollten, und zwar ohne verpflichtende Angabe von Gründen.?*"

„Top! Da kann sich die Datenschutzbeauftragte nicht beschweren. Aber pass auf, jetzt kommt etwas, bei dem ich mir wirklich unsicher bin *Da machte sich auch auf Josef aus Galiläa ... .*"

„Aha. Und?"

„Josef! Ich meine, dieser Vorname ist doch mehr als bedenklich. Ein typischer Verbrechername! Denk nur mal an das Dritte Reich oder die Stalinära ... Klingelt da nichts bei dir?"

„Stimmt, daran hatte ich im ersten Moment nicht gedacht. Da würde ich an deiner Stelle auch aufpassen. Was wäre die Alternative? Jo vielleicht?"

„Hm. Finde ich gar nicht so übel. Jo ist international und lässt sich gut aussprechen. Passt allerdings nicht mehr so gut zu Maria."

„Maria klingt schon sehr deutsch. Was hältst du von Mary als Alternative?"

„Das gefällt mir! Warte, ich notiere mir das ... Also, Jo und Mary, die waren schlussendlich in einem Stall, weil es in den Herbergen keinen Platz mehr gab. Angeblich war alles ausgebucht, aber ich glaube nicht, dass es selbst unter solchen Umständen zulässig ist, einen Stall als Nachtquartier zu vermieten. Geplante Nutzungsänderung und Zweckentfremdung von Gewerbeimmobilien muss durch die zuständige Behörde in jedem Fall vorher geprüft und genehmigt werden. Garantiert war das eine Masche des Betreibers, um einen noch größeren Reibach zu machen."

„Vielleicht war ja wirklich kein Platz und die beiden hatten einfach keine Zeit mehr? Mary war doch hochschwanger und hat doch auch ihr Kind bekommen. Bei meiner Frau ging das auch immer blitzschnell, wir haben es kaum in die Klinik geschafft. Viel wichtiger ist doch die Frage, ob ein geeignetes Hygienekonzept vorlag?"

„Dazu ist hier nichts angegeben. Zumindest könnte ich mir aber vorstellen, dass im Stall der Mindestabstand besser eingehalten werden konnte als in einer überfüllten Herberge. Trotzdem, das mit dem Stall gefällt mir nicht."

„Wie wäre es, wenn wir aus dem Stall ein Geburtshaus machen? Da können Frauen die Geburt ganz selbstbestimmt gestalten. Alles läuft ganz natürlich ab."

„Hervorragende Idee! So eine natürliche Geburt ist sowieso der beste Start ins Leben. Und für die werdenden Mütter ist das eine ganzheitliche Erfahrung, bei der alle Sinne angesprochen werden."

„Dann sag das ruhig so. Wie geht es weiter?"

„Sie wickelte ihn in Windeln und legte ihn in eine Krippe…"

„Hier solltest du unbedingt betonen, dass keine Einwegwindeln verwendet wurden! Wusstest du, dass ein Kind rund fünftausend Windeln verbraucht, bis es alleine zur Toilette gehen kann? Wenn einem die Umwelt wirklich am Herzen liegt, sind Stoffwindeln die einzig richtige Alternative."

„Darauf werde ich auf alle Fälle hinweisen. Hier ist aber noch eine Stelle, die mir Kopfzerbrechen bereitet *Und es waren Hirten in derselben Gegend auf dem Felde, die hüteten des Nachts ihre Herde …* Wenn man das so sagt, könnte man meinen, da wären ausschließlich Männer unterwegs. Das bildet aber nicht die geschlechtliche Vielfalt ab, männlich, weiblich und divers. Damit sich alle angesprochen fühlen, müsste man eine genderneutrale Formulierung wählen, oder?"

„Dann sagst du entweder *Hirtinnen, Hirten und diverse Hirten* oder verwendest das Gendersternchen – *Hirt*innen*. Das musst du dann aber richtig betonen, sonst hört es sich an, als ob nur Frauen gemeint sind."

„Wie wäre es mit *Hirtenden*?"

„Sehr gut. Das ist kurz und damit ist alles gesagt."

„Dann nehme ich das. Weiter geht es mit *Des Herrn Engel trat zu ihnen …*"

„Moment mal, das hatten wir doch gerade! Ich erkläre lang und breit die genderneutrale Sprache und da kommst du mir im nächsten Satz mit dem Herrn Engel …"

„Ist ja gut, dann wird halt aus dem *Herrn Engel* eine *Frau Engel*. Oder besser *Familie Engel*? Das ist noch unkritischer."

„Wenn du Familie als Lebensgemeinschaft im weiteren Sinne definierst, könnte ich damit leben. Was kommt sonst noch?"

„Also die Hirtenden sind alle zum Stall gegangen, sahen Mary und Jo und den kleinen Jesus, dahinter Ochs und Esel und …"

„Ochsen? Auf gar keinen Fall! Die übermäßige Rinderhaltung trägt nachweislich zum Treibhauseffekt bei. Wusstest du, dass die Produktion von einem Kilo Rindfleisch bis zu achtundzwanzig Prozent der Treibhausgase verursacht? Das habe ich neulich erst gelesen."

„Was hältst du dann davon, den Ochsen durch Bienen zu ersetzen? Bienen sind enorm wichtig für die Artenvielfalt und ich könnte hier direkt auf das Bienensterben aufmerksam machen!"

„Das ist eine hervorragende Idee! Ohne Bienen keine Artenvielfalt, das solltest du noch betonen."

„Gut. Aber was mache ich bloß mit den heiligen drei Königen? Die tauchten später auch noch auf, um Jesus zu huldigen und ihre Geschenke zu überbringen. *Königende* ist grammatikalisch nicht richtig, sollte ich da besser *König*innen* sagen?"

„Falsch wäre das nicht, aber ich habe eine bessere Idee! Da sie zu dritt sind, hättest du einen König, eine Königin und einen divers geschlechtlichen König. Da wäre doch für jeden etwas dabei."

„Exakt. Jetzt frage ich mich nur noch, ob wir mit den Geschenken ein Compliance-Thema haben?"

„Nur wenn Schenkende und Empfänger eine Geschäftsbeziehung verbindet. Das solltest du zur Sicherheit aber noch einmal kritisch prüfen."

„Das hatte ich sowieso vor, auch was die Auswahl der Geschenke angeht. Soweit angegeben, wurden Gold, Weihrauch und Myrrhe mitgebracht."

„Gold kann man mit gutem Gewissen nur verschenken, wenn es aus zertifiziertem Altgold gegossen wurde. Du weißt ja, welche verheerenden Folgen die Goldgewinnung für Mensch und Umwelt hat. Weihrauch finde ich unkritisch, aber was hat es mit Myrrhe auf sich? Was ist das überhaupt?"

„Irgend so ein Harz. Soll bei entzündeten Schleimhäuten helfen."

„Na wer weiß, wo das Zeug herkommt und ob der Transport klimaneutral ist. Kamille oder Arnika helfen genauso gut und sind zumindest aus heimischem Anbau."

„Genau, regional und saisonal, da achten wir zu Hause auch sehr darauf."

„Wenn nur alle so denken würden! Ich sage immer, wenn jeder in seinem Kopf auch nur ein kleines Rädchen weiterdrehen würde, dann könnten wir so richtig was bewegen!"

„So weit sind die Leute leider noch nicht. Schau dir doch nur mal die anderen hier im Verein an, da kann man manchmal nur den Kopf schütteln ... Darum ist es mir auch so wichtig, mit meinem Vortrag auf unserer Weihnachtsfeier etwas zu bewirken."

„Damit beeinflusst du auf alle Fälle positiv die Entwicklung unserer Gesellschaft. Ein Umdenken ist da längst überfällig. Mich hast du jedenfalls damit ganz schön aufgerüttelt."

„Ich bin echt froh, dass du das genauso siehst. Nur wenn sich unsere Sprache ändert, wird sich auch unsere Sicht auf die Dinge und damit langfristig unser Verhalten ändern. Danke, dass du mich dabei so gut unterstützt."

„Kein Thema, mache ich wirklich gerne. Aber jetzt muss ich mal langsam los, wir sehen uns ja dann morgen. Bringst du eigentlich Franziska mit?"

„Nee, wirklich nicht. Die bleibt mir mal schön zu Hause. Rate mal, was die Alte sich jetzt schon wieder geleistet hat?"

„Keine Ahnung, schieß los!"

„Übermorgen kommen meine Eltern wie jedes Jahr zum Adventskaffee. Stell dir vor, das faule Stück hat doch allen Ernstes den Stollen und die Plätzchen GEKAUFT!"

„Das ist jetzt nicht dein Ernst, oder?!"

„Doch, hat sie. Angeblich sei es so stressig in der Vorweihnachtszeit. Wobei ich dich frage, woher die wissen will, was Stress überhaupt ist. Außer ihrer halben Stelle und unseren Kindern hat die doch den ganzen Tag nichts zu tun ... Na der habe ich aber was erzählt! Das wollen wir erst gar nicht einreißen lassen, die wird mal schön backen die nächsten zwei Tage. Wo kommen wir denn da hin? Ich kann doch meinen Eltern kein gekauftes Gebäck anbieten ..."

„Also mir fehlen da echt gerade die Worte! Das geht ja gar nicht ... Da musst du unbedingt durchgreifen, bevor sich solche Sitten noch verfestigen. Ganz ehrlich, so etwas würde sich meine Annika erst gar nicht trauen."

„Tja, anscheinend hast du da deine Frau besser im Griff. Vielleicht hast du da ja auch ein paar Tipps für mich?"

„Aber selbstverständlich! Für dich doch immer. Lass uns morgen sprechen, ja?"

„Ich zähle auf dich. Bis morgen!"

„Ja, bis morgen."

WICHTELN

Ich habe noch nie verstanden, was so toll am Wichteln sein soll. Ganz ehrlich – gibt es etwas Langweiligeres, als jemandem etwas schenken zu müssen, dessen Namen man zuvor aus einem Lostopf gezogen hat? Mir reichen völlig die normalen Weihnachtsgeschenke, die ich für meine Eltern und meine Schwester kaufen muss. Allein die zu besorgen ist schon nervig genug, da brauche ich nicht noch irgendeinen Wichtel-Schnickschnack.

Bei uns war es natürlich Ruth, die mit dieser Schnapsidee ankam. Ruth ist die Romantikerin unserer Mädelsrunde, logisch, dass ihr so ein Quatsch gefällt. In der Adventszeit in die Rolle eines Wichtels zu schlüpfen und heimlich eine kleine Freude zu bereiten, sei doch total schön, hat sie behauptet und uns mit großen Augen angeschaut. Angesichts so viel geballter Naivität fällt mir manchmal echt nichts mehr ein, darum habe ich auch nicht groß was dazu gesagt. Auch die anderen hatten nicht wirklich Bock auf die Idee mit dem Wichteln, da sich aber auch niemand so richtig dagegen ausgesprochen hat, sind wir irgendwann aus der Nummer nicht mehr rausgekommen. Und darum steigt heute Abend bei Miri die große Wichtelparty – Ruths WG-Zimmer ist nämlich dafür zu klein.

Während ich noch überlege, was ich anziehe, vibriert mein Handy – eine Nachricht von Anja. *Glaubst du, Ruth freut sich über eine Tasse?*, lese ich. Ich schicke ein Emoji, das die Schultern zuckt. Keine Ahnung, ob sie sich über eine Tasse freut, aber wenn Anja schon so fragt, wird Ruth wohl nichts anderes übrig bleiben. Prompt bekomme ich von Anja ein Foto mit zwei Tassen – eine mit Klatschmohnmotiv, auf der anderen picken rosa Comic-Hühner. *Und? Welche?*, steht darunter. *Bisschen frühlingshaft*, tippe ich. *Hab noch eine dunkelblaue mit Sternen, aber die war ein Werbegeschenk*, schreibt sie direkt zurück. *Du weißt schon, dass das kein Schrottwichteln ist?*, antworte ich. Das hatte Miri vorgeschlagen, das wäre wenigstens noch lustig gewesen, aber davon hat Ruth nichts wissen wollen.

Da Anja nicht mehr antwortet, lasse ich es dabei bewenden. Soll sie selbst sehen, wie sie ihr Geschenk organisiert. Ich für meinen Teil bin jedenfalls gut vorbereitet, was nicht so einfach war, ich habe nämlich Anja gezogen und die ist anspruchsvoll. Per Zufall habe ich aber genau das richtige Anja-Geschenk gefunden, als ich für meine Schwester auf dem Weihnachtsmarkt einen fantastischen Kaschmirschal gekauft habe. Der Stand hatte auch Tücher aus Baumwolle mit den gleichen Motiven, nur wesentlich günstiger. Da habe ich für Anja gleich ein Tuch mit gekauft und es direkt einpacken lassen. Das Beste daran ist der schicke Karton, den es gratis dazu gab. Verpackungsmäßig macht das Baumwolltuch mit dem Kaschmirschal echt keinen Unterschied. Und Anja, die viel Wert auf Äußerlichkeiten legt, wird die edle Verpackung bestimmt zu schätzen wissen. Sie hat zwar überhaupt keinen Geschmack, tut aber immer so, als ob sie die große Designpäpstin wäre. Für jemanden, der in unserem Alter noch immer eine Diddl-Maus auf dem Bett hocken hat, finde ich das ehrlich gesagt ziemlich albern.

Am Abend sitze ich also in Miris Wohnzimmer und harre der Wichtel, die da kommen sollen. Miri, sonst eher Team Prosecco, lässt ein Tablett mit Tonbechern herumgehen. Schon der Dampf, der daraus aufsteigt, treibt mir die Tränen in die Augen, ich muss husten. Vorsichtig nippe ich an der heißen Flüssigkeit und verziehe das Gesicht. Auch wenn das Zeug pappsüß ist, überdeckt der Zucker kaum den harten Alkoholgeschmack.

„Was soll das denn sein?", will ich wissen.

Miri grinst. „Punsch! Ich dachte, ich serviere uns heute mal etwas anderes. Prosecco gibt es später!"

Ruth stellt sofort ihre Tasse auf den Tisch zurück. „Das ist jetzt nicht dein Ernst, oder? Das ist ziemlich geschmacklos!"

„Wieso denn?" Demonstrativ nimmt Miri einen großen Schluck aus ihrer Tasse. Ich kann ihr ansehen, dass es auch ihr nicht besonders schmeckt, aber sie verzieht keine Miene.

„Na hast du das mit dem Giftanschlag auf dem Weihnachtsmarkt nicht gehört?" Ruth schüttelt sich. „Im Leben trinke ich keinen Punsch mehr."

Stimmt, das war in den letzten Tagen Stadtgespräch. Irgendetwas war mit dem Punsch nicht in Ordnung, eine ganze Gruppe wurde mit schweren Vergiftungserscheinungen ins Krankenhaus eingeliefert. Das Blödeste an der ganzen Sache ist allerdings, dass sie dem Hansel den Stand geschlossen haben. Das war echt der beste Ausschank auf dem ganzen Weihnachtsmarkt.

Miri zuckt die Achseln. „Weil sich irgendwer den Magen verdorben hat, soll ich also keinen Punsch mehr trinken?"

„Miri, da sind Leute gestorben – ein junger Mann und eine junge Frau. Und bei einer weiteren ist immer noch nicht klar, ob sie überleben wird." Ruth schaut Miri vorwurfsvoll an, aber die zeigt sich unbeeindruckt.

„Und was hat das mit mir zu tun? Davon, dass ich keinen Punsch mehr trinke, werden die auch nicht mehr lebendig!"

Ruth zieht hörbar die Luft ein. „Aber das ist doch eine ganz schreckliche Geschichte. Denk doch nur, wie schlimm das für die Angehörigen sein muss, gerade jetzt in der Weihnachtszeit. Schon allein aus Solidarität mit den Opfern sollten wir keinen Punsch trinken."

„Das sehe ich aber auch so", ergänzt Anja. Sie macht eine dramatische Pause und schaut uns eine nach der anderen an, bevor sie die Bombe platzen lässt. „Marco kannte sogar eines der Opfer!" Ah, daher weht der Wind. Hat mich schon gewundert, dass sich ausgerechnet

Anja auf einmal so um andere sorgt. Aber wenn ihr Marco ja quasi persönlich betroffen ist, sieht die Sache natürlich anders aus.

„Na schau einer an, unsere Frau Moralapostel", lästert Miri. Auch sie kann die plötzliche Verbrüderung mit den Opfern nicht ganz ernst nehmen, schließlich kennen wir unsere Anja lange genug. „Und trinkt der liebe Marco nun auch keinen Punsch mehr? Wo ist er heute überhaupt?" Die Frage ist berechtigt, denn Anja ist grundsätzlich nur für ein Treffen mit Freundinnen zu haben, wenn Marco ebenfalls anderweitig untergebracht ist. Anja und Marco sind seit zweieinhalb Jahren ein Paar und führen eine sehr symbiotische Beziehung, zumindest aus Anjas Perspektive.

„Marco ist heute mit Noah verabredet. Noah hatte irgendwas vorgeschlagen, die wollten glaube ich ..." Sie überlegt, kommt aber nicht darauf. „... Geocachen", rutscht es mir heraus. Drei Augenpaare starren mich an, eines davon misstrauisch. OMG, da habe ich mal wieder schneller gequatscht, als ich nachdenken kann. „Woher weißt du denn, was mein Freund vorhat?", fragt Anja sehr förmlich.

„Ach, ich habe kurz mit Noah gesprochen", improvisiere ich, „da hat er es nebenbei erwähnt." Tatsächlich weiß ich es von Marco selbst, er hat es erzählt, als er gestern nach dem Training noch bei mir vorbeigeschaut hat. Wir haben Wein getrunken, ein bisschen über Anja gelästert und anschließend noch eine Runde gevögelt. Marco ist ein absolutes Naturtalent, es lohnt sich, mit ihm Spaß zu haben. Ich glaube zwar, dass Anja das nicht so locker sehen würde, wenn sie davon wüsste, aber wir sind ja schließlich Freundinnen, da bleibt das quasi unter uns. Sie borgt sich ja auch ständig Klamotten, Bücher oder Schuhe von mir, warum soll ich mir also im Gegenzug nicht ab und an mal ihren Freund ausleihen? Außerdem will ich gar nichts Ernsthaftes von Marco. Im Bett ist er zwar super, ansonsten mir aber viel zu anstrengend. Diese ganzen Extremsportarten und Outdoor-Events, ich frage mich echt, wie Anja das auf Dauer mit ihm aushält.

Ruth unterbricht meine Gedanken. „Echt, du hast Noah getroffen?", lenkt sie das Gespräch unbeabsichtigt vom Thema Marco weg. Ich glaube, ihr ist gar nicht bewusst, dass sie mir damit den Arsch rettet. „Wie geht es ihm denn?", erkundigt sie sich beiläufig.

„Seit wann interessierst du dich denn für Noah? Sag bloß, du stehst auf ihn?", hakt Miri direkt nach. Für Wer-mit-wem hatte Miri schon immer die besten Antennen, und so rosarot, wie Ruth gerade anläuft, hat sie direkt ins Schwarze getroffen.

„Ach Unsinn." Ruth konnte noch nie besonders gut lügen, ihre leuchtenden Augen sprechen Bände. „Ich habe ihn nur längere Zeit nicht gesehen. Astrid, vielleicht kannst du ihn ja mal von mir grüßen, wenn du ihn wiedersiehst?"

Dazu kann ich nur nicken und mir meinen Teil denken. In Ruths Universum würde Noah noch nicht einmal eine Fußspitze setzen, wahrscheinlich ahnt er gar nicht, dass sie überhaupt existiert. Aber wozu ihr die Illusionen rauben? Nur weil sie mich nach wie vor so erwartungsvoll anschaut, beeile ich mich zu versichern, dass ich gerne ihren Gruß ausrichten werde. „Klar, mache ich auf alle Fälle, wenn ich ihn nächstes Mal sehe." Notlügen sind in Ordnung, oder? Ruth lächelt verschämt und wird noch röter. Um von ihrem Tomatengesicht abzulenken, zeigt sie auf die Päckchen, die vor uns auf dem Tisch liegen. „Wollen wir nicht anfangen?"

Als wir vor vier Wochen ausgemacht haben, wer wen mit einem Wichtelgeschenk überraschen muss, haben wir die Lose zwar anonym gezogen, trotzdem ist offensichtlich, von wem welches Päckchen stammt. Ruth wickelt grundsätzlich alles in Packpapier, das sie fantasievoll beklebt und bemalt, Anja benutzt Geschenkpapier immer zweimal und Miri steckt ihre Geschenke in Papiertüten, die sie beim Shoppen bekommen hat. Meine türkisfarbene Schachtel mit der passenden Schleife macht sich auf alle Fälle am edelsten auf dem Geschenketisch.

„Ich fange an!", schreit Miri. Sie grapscht sich das Päckchen mit ihrem Namen und beginnt, die Verpackung aufzureißen. Zwischen

Fetzen von Geschenkpapier kommt etwas aus lindgrüner Keramik zum Vorschein, bei dessen Anblick Miri kugelrunde Augen macht. „Oh …", sagt sie und dann erst mal nichts mehr. Ich recke den Hals, jetzt bin auch ich neugierig. Als ich sehe, was Miri da in den Händen hält, muss ich so lachen, dass ich mir dabei fast in die Hose mache. Eine Freundschaftstasse! Letztes Jahr hat Ruth jedem von uns eine zu Weihnachten geschenkt. Mit Schaudern denke ich an diese riesigen Humpen in pastelligen Farben, auf denen zwei Mäuse sich in kitschigen Botschaften ewige Freundschaft schworen. Natürlich haben wir alle die Dinger stillschweigend entsorgt, nur Miri war so blöd zu behaupten, ihre wäre beim Spülen zerbrochen. Jetzt hat sie den Salat.

„Ich wusste, dass du dich freust." Ruth strahlt Miri an. „Jetzt hast du endlich Ersatz, wo doch deine kaputtgegangen ist. Ich habe sie per Zufall nochmal im Internet entdeckt und dachte, ich überrasche dich damit."

„Na die Überraschung ist dir geglückt", bemerke ich schadenfroh mit einem Blick auf Miris süßsauren Gesichtsausdruck. Miri ist ziemlich schlagfertig, jetzt fällt ihr beim besten Willen keine passende Antwort ein. Ich zwinkere Ruth zu. „Komm, dafür bist du jetzt an der Reihe. Ich bin gespannt, was die Wichtel dir gebracht haben."

Ruth langt nach der Geschenktüte, an deren Henkel ein Papp-Anhänger mit ihrem Namen baumelt. Ordentlich knüpft sie die Schleife auf und knibbelt behutsam das Klebeband ab, mit dem Miri die Tüte zugeklebt hat. Als sie die Tüte endlich auf hat, greift Ruth im Schneckentempo hinein und holt einen rechteckigen, in Papier eingeschlagenen Gegenstand heraus. Der Form nach zu urteilen, könnte es sich dabei um ein Buch handeln. Kein schlechtes Geschenk, immerhin ist Ruth die Einzige von uns, die gerne liest. Als das Papier entfernt ist, hält sie tatsächlich ein Buch in den Händen.

„Und – was ist es?", will Anja wissen.

Ruth schaut auf das Buch und dann in die Runde. Ihre Augen bleiben an Miri hängen – natürlich weiß sie, dass das Geschenk von ihr kommt. *Wie man Freunde gewinnt*, liest sie halblaut vor, ihre Stimme bröckelt dabei. Ich schließe kurz die Augen. Scheiße, Miri, denke ich. Musste das sein? Ausgerechnet Ruth mit so einem Buch zu kommen? Die ist doch eh schon so unsicher und zweifelt von früh bis spät an sich herum ... Als ob sie meine Gedanken gehört hat, beginnt Miri sich zu rechtfertigen.

„Süße, hey, das sollte lustig gemeint sein", versucht sie sich rauszureden, aber die Ausrede klingt lahm.

„Ich dachte ...", Ruths Unterlippe zittert, in ihren Augen stehen Tränen. „Ich dachte, ihr seid meine Freundinnen. Oder nicht?" Den letzten Satz flüstert sie fast. OMG, was soll man dazu bloß sagen? Natürlich ist Ruth unsere Freundin, zumindest in dem Maße, in dem jemand wie Ruth überhaupt mit uns befreundet sein kann. Ruth ist eben Ruth. Ich meine, es ist total praktisch, Ruth als Freundin zu haben. Schon im Studium hat sie die besten Vorlesungsmitschriften verfasst, sie kann einen fantastischen Kartoffelsalat und ist immer zur Stelle, wenn mal so richtig was weggeschafft werden muss. Das Allerbeste an Ruth ist aber, dass sie so gut wie keinen Alkohol trinkt und uns nach den Partys, zu denen wir sie mitnehmen, zuverlässig nach Hause fährt. Ich würde unser Verhältnis definitiv als freundschaftliche Beziehung bezeichnen, aus der alle Beteiligten ihre Vorteile genießen. Freundschaft, das klingt schließlich immer so nach den ganz großen Gefühlen, im normalen Leben geht es doch auch eine Nummer kleiner, finde ich zumindest. Und das ist doch auch nicht das Schlechteste, oder?

Ich schaue mir Ruth an, die gerade nicht so aussieht, als ob man ihr in diesem Moment mit diesen Argumenten kommen könnte. Im Gegenteil, sie guckt uns an wie ein Reh im Schlaglicht. Prinzipiell könnte es mir ja egal sein, schließlich habe ich das hier nicht verbockt, trotzdem finde ich es dämlich von Miri, ausgerechnet jetzt Ruth so unnötig an den Karren zu fahren. Ich will über Weihnachten zu meinen Eltern fahren und brauche unbedingt jemanden, der sich in dieser Zeit um meinen Kater kümmert – eine Aufgabe, die ich eigentlich Ruth übertragen wollte.

Unter dem Tisch stoße ich Miri an, die daraufhin anfängt, sich umständlich zu entschuldigen. Das sei doch alles nicht so gemeint, Ruth würde doch nicht wirklich glauben, sie sei nicht unsere Freundin, außerdem sei das doch ein ganz berühmtes Buch, bla-bla, bla-bla ... Als Miri versucht, sie in die Arme zu ziehen, lässt Ruth es zwar geschehen, macht sich aber ganz steif. Über ihren Rücken hinweg schauen Miri und ich uns an, stumm schüttle ich den Kopf. Der Schuss ist echt nach hinten losgegangen. Miri hat zwar einen schrägen Humor, bei einem Wichtelmädchen wie Ruth ist der aber völlig deplatziert.

„Komm schon, Ruth, jetzt hab dich nicht so. Das war ein blöder Scherz von Miri, nicht mehr, nicht weniger, okay?" Anja klingt ungeduldig. Dafür, dass sie selbst so empfindlich ist, legt sie anderen gegenüber ein Gemüt wie ein Nilpferd an den Tag. „Können wir jetzt weitermachen? Ich hab nicht ewig Zeit. Marco dürfte bald zurückkommen, ich will ihn nicht warten lassen ..." ... weil er ja sonst auf dumme Gedanken kommen könnte, ergänze ich im Stillen. Wenn die wüsste! Ich stupse meine Geschenkschachtel ein Stück in ihre Richtung und lächle Anja ganz besonders lieb an. „Die ist für dich, Anja!"

„Oooooh, für mich?", macht sie mit großem Augenaufschlag. „Was da wohl drin ist?" Allen Ernstes tut sie so, als ob sie nicht ganz genau wüsste, dass dies ihr Wichtelgeschenk ist. Als ob ihr irgendjemand abnehmen würde, sie hätte den großen Aufkleber mit ihrem Namen nicht gesehen. Vorsichtig löst sie das Geschenkband, hebt den Deckel ab und schlägt das Seidenpapier auseinander. Sekunden später erhellt ein Ausdruck ihr Gesicht, als ob sie bei der Tombola den Hauptgewinn gezogen hat.

„Wahnsinn, Astrid, das ist ja der Hammer!", strahlt sie mich an und hält bewundernd das Tuch in die Höhe. „Total schön! Da muss ich ja wirklich brav gewesen sein!" Sie kichert albern und zwinkert mir zu. Na wenigstens eine, die zufrieden ist, denke ich mir. Tatsächlich kriegt sich Anja kaum ein vor Begeisterung. Voll des Lobes schüttelt sie das Tuch auseinander. Als sie es an den Ecken packt, um es auszubreiten, habe ich auf einmal das Gefühl, dass die Zeit stehen bleibt. Schlagartig wird es mir ganz anders. Das darf doch echt nicht wahr sein! Denn was Anja da in den Händen hält, ist der teure Kaschmirschal, den ich für meine Schwester gekauft habe. Eindeutig ist hier etwas schief gelaufen, zu Hause muss ich anscheinend die Kartons verwechselt haben . . .

Miri pfeift anerkennend durch die Zähne. Sie greift nach ihrem Handy, tippt etwas und Sekunden später geht bei mir eine Nachricht ein. *Wusste gar nicht, dass ihr zwei so dicke seid,* lese ich. *Sind wir auch nicht,* antworte ich schnell. Fragend hebt sie eine Augenbraue, aber ich kann ihr das Missverständnis vor allen ja wohl schlecht erklären. Keinen blassen Schimmer, was ich jetzt machen soll. Um Zeit zu gewinnen, trinke ich noch einen Schluck vom schlimmen Punsch und denke nach. Fieberhaft rasen meine Gedanken durch den Kopf. Der Schal ist aus reinem Kaschmir und hat hundertachtzig Euro gekostet. Das gebe ich nicht einfach mal so für ein Freundinnen-Geschenk aus, erst recht nicht für Anja. Ich beobachte sie, wie sie sich den Schal um die Schultern geworfen hat und sich damit vor Miris Spiegel dreht und wendet.

„Schaut mal, wie gut der zu meinen Augen passt!", lobt sie selbst ihr Spiegelbild. Nein, denke ich, da hilft alles nichts, je länger ich warte, desto schwerer komme ich da wieder raus. Bleibt nur die Flucht nach vorne. Und zwar am besten jetzt gleich.

„Anja, hör mal . . .", fange ich an und beginne umständlicher als beabsichtigt die Situation erklären. Gar nicht so einfach, die richtigen Worte zu finden, ohne mich dabei vor den anderen komplett zu blamieren. Als ich zu der Stelle komme, in der ich erzählen will, dass die Verkäuferin beide Geschenke in eine identische Schachtel verpackt hat, unterbricht Anja ihr Gezappel vor dem Spiegel und schaut mich an.

„Aber das ist doch gar kein Thema!“, sagt sie verständnisvoll und legt mir die Hand auf den Arm. „Du musst dich nicht weiter erklären.“

„Wirklich?“, frage ich verblüfft. Das ging ja einfacher als gedacht. Ehrlich gesagt habe ich mit mehr Drama gerechnet.

„Natürlich, das verstehe ich vollkommen. Und ja, das ist überhaupt gar kein Problem.“

Mir wird fast schwindelig vor Erleichterung, als Anja mich freundlich anschaut. „Natürlich gebe ich dir gerne …“, sie wartet ein, zwei Sekunden, bevor sie weiterspricht, „… dein Geschenk!“

Sie hält mir ein Päckchen hin. „Da, Süße. Du musst doch nicht darum bitten. Hier ist es. Und ja, du darfst es sofort auspacken. Du kannst es bestimmt kaum erwarten!“

Ich bin wie vom Donner gerührt. Nein, nein, nein, das war es ganz und gar nicht, was ich ihr sagen wollte, da hat sie mich komplett falsch verstanden. Während ich noch nach Worten suche, beugt sich Anja vertraulich zu Miri. „Ich habe mich gerade gefragt, wieso Astrid so herumdruckst“, flüstert sie so laut, dass es jeder hören kann. „Und diese schräge Geschichte mit dem Geschenk für die Schwester, warum erzählt sie das?“ Dramatisch legt sie sich die Hand auf die Brust und fährt in normaler Lautstärke fort. „Unsere Astrid ist einfach zu bescheiden! Glaubt tatsächlich, dass sie heute kein Geschenk bekommt. Ob sie wohl dieses Jahr ein unartiges Mädchen war und deshalb meint, die Wichtel haben nichts für sie gebracht?“

Zuckersüß strahlt sie mich an und allein dafür könnte ich ihr eine kleben. Diese Bitch! Die hat sehr wohl verstanden, was ich ihr sagen wollte und zieht nun vor allen eine Show ab. Für wie blöd hält sie mich eigentlich? Als ob ausgerechnet ich Angst hätte, leer auszugehen, und deswegen Andeutungen machen müsste, damit ich endlich ein Geschenk bekomme. Eine falsche Schlange ist das, na warte! Ich denke an Marco, der in letzter Zeit so häufig bei mir war, dass ich fast schon ein schlechtes Gewissen bekommen habe, aber eben nur fast. Für diese Aktion hier werde ich ihn mir in nächster

Zeit erst recht rannehmen. Und dann werden wir mal sehen, wer zuletzt lacht, liebe Anja ...

Da ich ihr den Triumph nicht gönnen will, den anderen zu zeigen, dass sie mich reingelegt hat, mache ich gute Miene zum bösen Spiel. Es kostet mich alle Selbstbeherrschung, die ich aufbringen kann, mir meinen Zorn nicht anmerken zu lassen. Als ob nichts wäre, nehme ich ihr Geschenk und beginne auszupacken. Unter dem Geschenkpapier verbirgt sich eine weiße Pappschachtel mit Deckel. Als ich den abhebe, sehe ich zunächst nur hellrosa Watte. Darunter etwas Kunstgewerbliches – eine mundgeblasene Figur aus Glas. Das Ding ist so hässlich, dass ich im ersten Moment gar nicht weiß, was ich dazu sagen soll. Die Figur erinnert mich an einen Urlaub im Bayerischen Wald mit meinen Großeltern, bei dem wir auch eine Glasbläserei besichtigt haben. Damals fand ich diese mundgeblasenen Figuren herrlich, aber da war ich auch gerade mal neun Jahre alt. Was denken sich die Leute bloß bei so einer Scheußlichkeit? Ich meine, es gehören ja immer mindestens drei dazu, die so etwas toll finden – derjenige, der es fertigt, einer der darin Potenzial zum Verkauf sieht und es in sein Sortiment mit aufnimmt, und dann noch ein Dritter, der es so schön findet, dass er es unbedingt kaufen will. Anja in diesem Fall, unsere große Geschmacksmeisterin.

Vorsichtig hebe ich das Figürchen aus dem Wattebett. Dafür, dass es gerade mal so groß wie meine Handfläche ist, ist es erstaunlich schwer. Ich drehe und wende es, betrachte die bunten Glasschlieren im Inneren. Am Kopf hat es einen Schnörkel, wo der Glasbläser den Strang abgezwickt hat. Selten habe ich etwas Geschmackloseres gesehen. Warum schenkt sie mir das bloß? Ich meine, ich weiß, dass Anja sehr sparsam ist, zumindest was andere angeht. Nicht nur Geschenkpapier verwendet sie zweimal, nein, auch Geschenke werden doppelt verwertet. Im Keller hat sie eine Kiste, in der sie Sachen aufhebt, die sie selbst einmal bekommen hat und die ihr nicht gefallen. Bei passender Gelegenheit verschenkt sie sie dann einfach weiter. Damit sie nicht durcheinanderkommt, sind alle ungeliebten Gaben sorgfältig mit dem Namen des Schenkenden etikettiert. Ich weiß das, weil sie mir mal die Kiste gezeigt hat, als wir beide so richtig betrunken waren. War ein lustiger Abend, insbesondere weil ich in einem unbeobachteten Moment ein paar von den Etiketten heimlich umgeklebt habe.

„Darf ich mal?" Ruth, die die ganze Zeit nur trübsinnig vor sich hingestarrt hat, hebt den Kopf. Ich drücke ihr das Glasdings in die Hand, von mir aus kann sie es gerne behalten. Behutsam dreht Ruth die Figur um und betrachtet eine Weile die Unterseite. „Wusste ich's doch!" Triumphierend hält sie die Figur so, dass wir die Unterseite sehen können. Dort prangt ein Aufkleber – *Gruß aus Bodenmais.* „Das ist MEINE Engelfigur, die letztes Jahr nach unserem Adventskaffee verschwunden ist", sagt sie vorwurfsvoll. „DU hast ihn also damals gestohlen!"

„Wie bitte?" Anja ist pikiert. „Du spinnst wohl. Ich klaue doch nicht!"

„Ach nein? Und woher hast du meinen Engel?", will Ruth wissen.

Anja wird knallrot. Ja, auf ihre Antwort bin auch ich sehr gespannt, schließlich kann sie schlecht zugeben, dass das Präsent aus ihrem Kellerfundus stammt. Ich verberge ein Grinsen hinter meiner Punschtasse. Es gibt doch noch ausgleichende Gerechtigkeit, so schnell also kann sich das Blatt wenden.

„Jetzt mach doch nicht so ein Theater", antwortet Anja ausweichend. „Woher willst du denn wissen, dass das genau dein Engel ist, hm?"

„Der stammt noch von meiner Oma!", murmelt Ruth mit Tränen in den Augen.

„Vielleicht ist es ein ähnlicher Engel?", schlägt Miri vor und reicht Ruth ein Taschentuch.

„Nein." Sie schüttelt den Kopf und schnäuzt sich ausgiebig. „Auf dem Aufkleber steht noch die alte Postleitzahl 8373. Die fünfstelligen

Postleitzahlen gibt es seit 1993", schnieft sie. Typisch Ruth, dass die so etwas weiß.

„Hör mal, Ruth ...", fängt Anja an, aber Ruth lässt sie nicht zu Wort kommen.

„Schöne Freundinnen seid ihr!", ruft sie anklagend. „Die eine macht sich über mich lustig, die andere klaut wie ein Rabe. Aber wisst ihr, was? Ich habe die Schnauze voll von euch. Ich gehe." Sie schnappt sich den Engel, springt auf und stürmt aus dem Wohnzimmer. Verblüfft starren Anja, Miri und ich uns an. Okay, das hier lief heute Abend ein bisschen schräg für Ruth, aber deswegen muss man doch nicht gleich so beleidigt sein, oder? Ob sie ihre Tage hat und deswegen so empfindlich ist? Ich denke an die kommenden Weihnachtsfeiertage und eile Ruth hinterher. Wenn ich die jetzt nicht beruhigen kann, stehen die Chancen auf einen Katzensitter für Leo äußerst gering.

„Jetzt warte doch, Ruth!", rufe ich und erwische sie noch im Flur.

„Lass mich!", schnauzt sie mich an, während sie sich in ihre Winterstiefel zwängt. „Du bist auch nicht besser als die anderen, im Gegenteil, du bist die Allerschlimmste. Ihr drei nutzt mich doch von vorne bis hinten nur aus. Meinst du etwa, ich merke das nicht? Du stehst doch auch garantiert nur hier, weil du wieder irgendetwas von mir willst." Verblüfft starre ich Ruth an. Damit hat sie den Nagel auf den Kopf getroffen. Tatsächlich bin ich sogar ein klein wenig beeindruckt, denn so viel Selbstreflexion habe ich Ruth ehrlich gesagt nicht zugetraut. Bevor ich etwas erwidern kann, schultert sie schwungvoll ihren Rucksack und öffnet die Wohnungstür. „Aber damit ist jetzt Schluss. Hätte ich schon vor Jahren machen sollen. Sucht euch doch einen anderen Deppen, den ihr verarschen könnt. Mit mir nicht mehr!"

Die Wohnungstür knallt, weg ist sie. Oha, denke ich, da ist aber jemand sauer. Na hoffentlich kriegt die sich wieder rechtzeitig ein, bis Weihnachten ist nicht mehr allzu viel Zeit. Es wäre total umständlich für mich, wenn ich Leo mit zu meinen Eltern nehmen müsste. Meine Schwester hat eine Katzenhaarallergie und macht deswegen immer ein Riesentheater ... Während ich überlege, wie ich aus dem Dilemma am besten rauskomme, probiere ich kurz Anjas Schuhe an. Leider sind sie mir einen Tick zu klein, schade, die sind nämlich eigentlich ganz hübsch. Ich stelle sie zurück auf die Fußmatte und gehe wieder ins Wohnzimmer, wo der Zickenkrieg gerade in vollem Gange ist.

„Was hast du dir bloß dabei gedacht?", höre ich Anja sich aufregen.

„Ich?" Miri lächelt unschuldig. „Keine Ahnung, was du meinst!"

„Das weißt du sehr wohl! Du hast mir den Engel doch letztes Jahr zu Weihnachten geschenkt!"

„Oh, Du verschenkst doch nicht etwa deine Geschenke weiter?", schelmisch droht Miri mit dem Finger. „Oder doch?"

„Du warst es, du Miststück! Du hast Ruth den Engel geklaut!", giftet Anja zurück.

„Möglich." Miri zuckt die Schultern. „Vielleicht aber auch nicht. Obwohl, wenn ich mir das hässliche Teil so anschaue, passt es eigentlich ziemlich gut zu dir."

Damit hat sie bei Anja einen wunden Punkt getroffen. „Nie würde ich mir so was Geschmackloses in die Wohnung stellen!", schreit sie. Wie bitte? Ich glaube, ich höre nicht richtig. Bisher habe ich mich rausgehalten, jetzt aber wird auch mir die Sache langsam zu bunt. „Wenn du den Engel selbst so hässlich findest, warum schenkst du ihn dann mir?", will ich wissen.

„Ach komm, Astrid, das sollte ein Witz sein, das weißt du ganz genau." Anja mustert mich herablassend. „Außerdem habe ich dich doch vorher gefragt, was du haben willst."

„Moment mal!", widerspreche ich. „Du hast mir Fotos von Tassen geschickt und mich gefragt, welche davon wohl Ruth am besten gefallen würde!"

„Das war doch bloß ein Trick. Ich kann dich ja schlecht fragen, was du als Wichtelgeschenk haben willst. Ist doch nicht mein Problem, wenn du so merkbefreit bist." Ungerührt beißt sie in ein Vanille-kipferl. „Und bei deinem Geschmack ist es doch eh egal." Bei der Bemerkung bricht Miri schier zusammen vor Lachen. Sie lässt sich nach hinten in die Kissen kugeln. „Wisst ihr zwei was? Ihr habt beide einen Scheißgeschmack!"

„ICH HABE KEINEN SCHEISSGESCHMACK!", kreischt Anja. Sie greift nach einer der Punschtassen, aber Miri ist schneller. „Hast du sie noch alle?" Normalerweise bringt Miri nichts so schnell aus der Ruhe, aber jetzt ist sie auf hundertachtzig. Während die beiden sich anfunkeln, fällt mein Blick auf meinen schönen Schal, der achtlos am Boden liegt. Das ist eine einmalige Gelegenheit! Schnell bücke ich mich und stopfe ihn in meine Tasche. „Ich geh dann mal", murmele ich beiläufig, aber weder Miri noch Anja nehmen Notiz von mir. Beide stehen sich gegenüber und schreien sich in einer Lautstärke an, bei der die Wände wackeln. Macht nur weiter, denke ich und verdrücke mich so unauffällig wie möglich aus dem Wohnzimmer. Da ich noch Hunger habe, werfe ich kurz einen Blick in die Küche, aber da sehe ich nur eine offene Flasche Prosecco in einer Kühlmanschette. Besser als nichts, denke ich mir, die wird mir auf dem Nachhauseweg ein wenig Gesellschaft leisten. Schnell schlüpfe ich in meinen Mantel und verlasse so leise wie möglich die Wohnung. Nichts wie weg, bevor Anja noch auf die Idee kommt, nach dem Schal zu suchen! Tatsächlich erweisen sich meine Befürchtungen als gerechtfertigt, denn kaum bin ich im Parterre angekommen, höre ich, wie sich im zweiten Stock die Tür öffnet.

„Astrid?" Anjas Stimme. „Warte, ich komme mit!" Bloß nicht! Auf der Straße wird sie mich schnell eingeholt haben, darum muss ich mir etwas einfallen lassen. Ich drehe auf dem Absatz um, husche in Richtung Hinterausgang und lasse die Tür zum Hof geräuschvoll ins Schloss fallen. Anschließend ducke ich mich in die Nische des Kellerabgangs, halte den Atem an und lausche den Schritten im Treppenhaus.

„Astrid, warte!" Anja spurtet die Treppe herunter. Während ihre Stakkato-Schritte durch den Hausflur donnern, drücke ich mich noch tiefer in die Nische. Meine Rechnung geht auf, sie bemerkt mich nicht, reißt die Haustür auf und stürzt nach draußen. Nachdem sich die Haustür hinter Anja geschlossen hat, verharre ich noch einige Sekunden in der Nische. Puh, das war ganz schön knapp! Ich nehme einen Schluck aus der Proseccoflasche und stelle mir vor, wie Anja auf ihren hohen Absätzen in Richtung der Haltestelle hastet, um mich noch zu erwischen. Dabei muss ich wie wild grinsen. Recht geschieht es ihr. Gerade gönne ich mir einen weiteren Schluck, als es in meiner Manteltasche vibriert und ein leises *Pling* den Eingang einer Nachricht ankündigt. Ich schaue auf mein Handy. Sieh einer an, Noah hat sich gemeldet. *Heute Abend noch was vor, schöne Frau?* Klingt vielversprechend, immerhin ist der Abend noch jung. Trotzdem werde ich es ihm nicht so einfach machen, besser erst einmal die Ahnungslose spielen. *Schon zurück vom Geocachen?*, schreibe ich und muss nicht lange auf eine Antwort warten. *Yep, war arschkalt. Bin total durchgefroren. Willst Du mir ein bisschen einheizen?* Ich weiß ganz genau, was Noah sich vorstellt, trotzdem tippe ich *Weiß nicht, was du meinst* und trinke noch einen Schluck. Soll er ruhig ein bisschen deutlicher werden. Sekunden später habe ich die nächste Nachricht im Posteingang. *Komm vorbei!*, lese ich. *Können ein Bad nehmen.* Na also, geht doch. Außerdem kann ich dann auch gleich den Gruß von Ruth ausrichten, denke ich grinsend. Wenn ich ihr erzähle, dass ich das wie versprochen direkt erledigt habe, vielleicht stimmt sie das ja dann wieder milde?

CORONA-WEIHNACHTS-BESUCH

„Neubauer, hallo?"

Zwei Worte reichen aus, damit der Besitzer der Stimme Erika auf Anhieb unsympathisch ist. Hört sich an wie einer dieser Überflieger, die in vierundzwanzig Stunden das erreichen, wofür Otto Normalbürger eine Woche oder länger braucht.

„Halloo?", dröhnt es erneut aus dem Lautsprecher, diesmal ungeduldig.

„Du musst schon antworten", flüstert Erika und schiebt das Telefon ein Stück näher an Rudi heran. Die Freisprechfunktion ist aktiviert, damit er dem Gespräch besser folgen kann. Rudi räuspert sich vernehmlich. „Hallo?", krächzt er.

„Wer ist da?", kommt es misstrauisch zurück.

Rudi beugt sich näher zum Telefon. „Ich komm Weihnachten nach Haus!", verkündet er.

„Wer sind Sie?"

„Ich komm Weihnachten nach Ha-aus!", versucht es Rudi etwas lauter.

Stille. Die andere Seite scheint zu überlegen, auch Erika und Rudi warten.

„Hallo?", fragt Rudi nach einer Weile noch einmal.

„Papa, bist du das?"

Rudi nickt. „Ja!", freut er sich. Na endlich ist der Groschen gefallen! Die Gegenseite hört sich allerdings weniger erfreut an. „Ist was passiert?"

„Ich komm doch Weihnachten nach Haus!", wiederholt Rudi.

„Was redest du für einen Unsinn?", poltert es aus dem Telefon. Hilfesuchend wirft Rudi Erika einen Blick zu. Was nun? Erika tätschelt ihm liebevoll die Hand. „Sehr gut machst du das!", lobt sie.

„Papa? Wer ist da im Hintergrund?"

Rudi schweigt.

„Und wie kommst du überhaupt an ein Telefon?"

Rudi brummt etwas Unverständliches.

„Da ist doch jemand bei dir. Gib mir den mal."

„Wen?", fragt Rudi.

„Herrgott noch mal, jemand, mit dem ich sprechen kann. Sprechen, hörst du? TELEFONIEREN!", diesmal im Befehlston.

Unsicher zuckt Rudi die Achseln und schaut zu Erika. „Soll ich mal?", fragt sie. Als Rudi nickt, greift sie nach dem Telefon. „Guten Tag, Römer mein Name, mit wem spreche ich bitte?"

„Na endlich. Neubauer, Philipp Neubauer, ich bin der Sohn."

„Ah, Herr Neubauer, das ist aber schön, dass wir Sie endlich persönlich erreichen. Es geht um Ihren Vater."

„Ja, um Himmels willen, was ist denn bei Ihnen los? Warum ruft mein Vater hier an?"

„Ihrem Vater geht es gut, es ist alles in Ordnung…"

„Und was wollen Sie?"

„Ich möchte nur Bescheid geben, dass Ihr Vater morgen pünktlich um neun Uhr losfährt. Während des Transports wird er von einer medizinischen Fachkraft betreut, da brauchen Sie sich keine Sorgen machen. Der Fahrer akzeptiert Bargeld, EC- sowie alle gängigen Kreditkarten. Es ist nur…"

„Was? Wo fährt mein Vater hin?"

„Zu Ihnen, Herr Neubauer. Der Corona-Weihnachtsbesuch Ihres Vaters…"

„Also wir können dieses Jahr meinen Vater nicht besuchen."

„Das ist auch nicht notwendig, da Ihr Vater die Weihnachtsfeiertage ja bei Ihnen verbringen wird."

„Sind Sie komplett verrückt geworden?! Wenn das ein Scherz sein soll, ist es ein schlechter!"

„Herr Neubauer, ich verbitte mir diesen Ton!" Was glaubt dieser Flegel eigentlich, mit wem er spricht? Durchatmen und sich vor allen Dingen nicht provozieren lassen. Erika holt tief Luft. „Da unsere Einrichtung aufgrund der Corona-Situation und des Pflegenotstands überlastet ist, müssen wir unsere Bewohner zu ihrer eigenen Sicherheit über die Feiertage zu ihren Angehörigen ausquartieren."

„Davon weiß ich nichts!"

„Aber wir haben Sie doch ausführlich informiert! Dazu haben Sie verschiedene E-Mails bekommen …"

„Wann soll das gewesen sein?"

Darauf ist Erika vorbereitet. „Ende Oktober, genauer gesagt am 23. haben wir Sie zum ersten Mal angeschrieben."

„Hm. Mag sein, dass mir da was durchgerutscht ist, aber mein Vater muss bei Ihnen im Heim bleiben. Es gibt doch sicher eine Notbetreuung?"

„Dafür hätten Sie Ihren Vater anmelden müssen. Die Frist ist leider bereits abgelaufen."

„Und was heißt das?"

„Das heißt, dass Ihr Vater morgen zu Ihnen kommen wird." Meine Güte, ist der begriffsstutzig.

„Unmöglich. Morgen nicht und auch sonst nicht. Schauen Sie, Sie erwischen mich hier gerade in einem sehr ungünstigen Moment …"

„Herr Neubauer, ganz ehrlich – durch Corona und den Pflegenotstand haben wir hier seit Monaten sehr ungünstige Momente." Erika betont das Ende des Satzes schärfer als beabsichtigt. Wieder so einer, der sich vor seiner Verantwortung drücken will.

„Frau Römer …"

„Herr Neubauer, lassen Sie mich bitte ausreden. Es ist meine Aufgabe, dafür zu sorgen, dass Ihr Vater morgen wohlbehalten bei

Ihnen ankommt. Darum möchte ich jetzt gerne die noch offenen Punkte mit Ihnen durchgehen. Sie sind schließlich nicht der einzige Angehörige, mit dem ich heute noch telefonieren muss."

„Ähm, über welchen Zeitraum sprechen wir eigentlich?"

„21. Dezember bis einschließlich 4. Januar. Ab dem 5. Januar können wir Ihren Vater wieder bei uns aufnehmen."

„Zwei Wochen – so lang? Das ist jetzt aber alles sehr kurzfristig … Können Sie ihn nicht noch ein, zwei Tage im Heim behalten? Die Tochter unserer Nachbarn macht Babysitten, vielleicht kann ich da was arrangieren …"

„Herr Neubauer, Ihr Vater braucht keinen Babysitter!" Allein die Vorstellung, dass Philipp Neubauer seinen pflegebedürftigen Vater der Verantwortung eines naiven Teenagers überlassen will, lässt Erika schaudern. Der arme Mann kann einem leidtun.

„Also die Nele ist ein ganz patentes Mädchen!"

„Herr Neubauer, ich bin examinierte Fachkraft für Altenpflege und verbringe viel Zeit mit Ihrem Vater. Daher kann ich Ihnen sagen, dass er professionelle Pflege und liebevolle Ansprache braucht, insbesondere nach einem Umgebungswechsel. Mit Veränderungen kann er nicht gut umgehen."

„Und wie stellen Sie sich das dann vor?"

„Das ist nicht meine, sondern Ihre Aufgabe, Herr Neubauer!" Schon allein daran, wie die Gegenseite Luft holt, merkt Erika, dass Philipp Neubauer gerade der Geduldsfaden gerissen ist.

„SIE!", schreit es aus dem Telefon, „SIE sagen MIR nicht, was MEINE Aufgabe ist! ICH werde mich über SIE beschweren! ICH bezahle hier Monat für Monat Unsummen und da glauben SIE allen Ernstes, SIE können MIR so kommen? ICH will die Heimleitung sprechen, SOFORT!"

„Aber gerne, Herr Neubauer! Wenn ich mich recht entsinne …", Erika blättert in ihren Papieren, „ah, da habe ich es! Wie ich den Unterlagen entnehmen kann, steht da eh noch eine Antwort Ihrerseits zu den rückwirkenden Anpassungen der Pflegekosten aus." Schweigen auf der anderen Seite. „Herr Neubauer, sind Sie noch da? Aufgrund der gestiegenen Kosten mussten in diesem Jahr die Aufwände neu berechnet werden. Damit wir die noch ausstehenden Summen bei Ihnen abbuchen können, benötigen wir bis zum 31.12. Ihre Zustimmung."

„Was? Ich zahle eh schon den Höchstsatz für meinen Vater."

„Herr Neubauer", Erika hat das Gefühl, zu einem bockigen Kleinkind zu sprechen, „wissen Sie eigentlich, was diese ganzen Coronabedingten Hygienemaßnahmen kosten?"

„Unverschämtheit! Wenn Sie jetzt auch noch glauben, mich belehren zu können, da sind Sie an den Falschen geraten. Erst frech werden und dann noch mehr Geld verlangen!"

„Es geht hier nicht um mich, aber wenn Sie schon so direkt fragen: Ja, ich hätte gerne etwas mehr Geld. Wissen Sie eigentlich, was wir Pflegekräfte verdienen? Und wie viele unbezahlte Überstunden ich allein letzten Monat gemacht habe? Ich bin heilfroh, wenn morgen unsere Bewohner abgereist sind, denn dann habe ich zumindest mal zwei Wochen Urlaub."

„Ach, und dafür soll ich jetzt also auch noch bezahlen?"

Bevor sie antwortet, zählt Erika innerlich langsam bis drei. Das hat sie irgendwann mal in einem Seminar für Aggressionsbewältigung gelernt. „Da kann ich Sie beruhigen. Nicht ich persönlich bekomme mehr Geld, sondern unsere Einrichtung. Und selbstverständlich wird Ihre monatliche Zahlung für die Zeit gestundet, in der Ihr Vater bei Ihnen wohnt. Aber ich würde Sie jetzt gerne zur Heimverwaltung durchstellen, Herr Neubauer, da können Sie alles Weitere besprechen und Ihre Beschwerde gleich mit platzieren." Der gekränkte Unterton in Erikas Stimme ist nicht zu überhören.

„Ähm, Frau Römer, Moment mal ...", kommt es gedehnt.

„Kann ich noch etwas für Sie tun?"

„Jetzt warten Sie doch kurz ... Es lässt sich doch über alles reden!"

Ach, auf einmal! Woher der plötzliche Sinneswandel?

„Ich hatte bis eben wirklich keine Ahnung, dass mein Vater hierherkommen soll. Ich war einfach überrumpelt, da habe ich vielleicht etwas überreagiert. Schauen Sie, ich wollte Sie auf gar keinen Fall persönlich angreifen."

Hast du aber, denkt Erika.

„Also ich habe gerade nachgedacht. Und mir ist da so eine Idee gekommen. Eine Win-Win-Situation sozusagen!"

„Eine was?" Winwin – das hört sich nach fernem Osten an. Zaubert dieser Kerl jetzt nach der Nachbarstochter eine Asiatin aus dem Hut, der er die Pflege seines Vaters aufs Auge drücken will? Erika fällt ein, dass in der Nachbarschaft eine Frau aus Thailand wohnt ist, die ähnlich heißt. Wie war noch der Name?

„Eine Win-Win-Situation ist etwas, wovon wir beide profitieren", unterbricht Philipp Neubauer ihre Gedanken. „Also, Sie kennen doch meinen Vater gut und betreuen ihn seit Längerem."

„Das sagte ich bereits. Er ist ein ganz reizender älterer Herr."

„Und Sie haben jetzt zwei Wochen Urlaub?"

„Richtig."

„Hätten Sie vielleicht Interesse, sich ein kleines Zubrot zu verdienen?"

„Ein Zubrot?", wiederholt Erika misstrauisch. Zubrot sagt heute kein Mensch mehr. Es hört sich trocken und knauserig an.

„Frau Römer, folgende Idee: Wenn Sie sich mit den Bedürfnissen meines Vaters auskennen, warum nehmen Sie ihn nicht über Weihnachten mit nach Hause?"

„Zu mir nach Hause?" Erika schnappt empört nach Luft. „Ich soll Ihren Vater mitnehmen? Ich muss doch sehr bitten!"

„Aber Sie haben doch selbst gesagt, dass er seinen gewohnten Rhythmus braucht. Und dass Veränderungen gar nicht gut sind in seinem Zustand."

„Ja, das stimmt, aber …"

„Und Sie als examinierte Altenpflegerin sind doch da viel besser geeignet."

„Das ist richtig, aber das ist gegen die Vorschriften. Wo kämen wir denn da hin, wenn ich unsere Bewohner mit zu mir nach Hause nehmen würde?"

„Ich bin da durchaus bereit, mich großzügig zu zeigen. Was sagen Sie zu ... 1000 Euro?!"

Erika lacht auf. Was glaubt der Kerl eigentlich, mit wem er es zu tun hat? Sie ist zwar mindestens doppelt so alt wie er, aber nicht auf den Kopf gefallen. „Herr Neubauer, ich bitte Sie! Das ist weniger als die Hälfte von dem, was ein zweiwöchiger Aufenthalt in unserer Einrichtung kostet."

„Okay, okay – 2000 Euro!"

„Das entspricht gerade mal dem regulären Betreuungssatz. Darin ist noch nicht ..."

„3000 Euro?"

„... der Feiertagszuschlag ..."

„4000 Euro?"

„... sowie mein persönliches Risiko enthalten. Sie verlangen hier von mir Dinge, die mich meine Stelle kosten könnten, Herr Neubauer!"

„Gut. Sagen wir 5000 Euro! Das ist doch für jemanden wie Sie viel Geld!"

Na also so ein A..., denkt Erika. Laut würde sie das niemals sagen, aber die Gedanken sind frei.

„Frau Römer? Sind Sie noch da?"

„5000 Euro? Also ich weiß nicht ..." 5000 Euro hören sich verlockend an, auch wenn diese ganze Aktion höchst illegal ist. Das weiß dieser Herr Neubauer ganz genau. Aber wenn man schon bereit ist, ein Risiko einzugehen, muss es sich auch lohnen, findet Erika. Sie holt tief Luft. „Für 5000 Euro mache ich es. Pro Woche."

Stille auf der anderen Seite. „5000 Euro pro Woche? Sind Sie noch zu retten? Das sind 10.000 Euro!"

„10.000 Euro und keinen Cent weniger", wiederholt sie bestimmt. „Und das Geld ist innerhalb der nächsten halben Stunde auf meinem Konto."

„So schnell kann man nicht überweisen. Ich weiß auch gar nicht, ob ich so viel flüssig habe. Da bräuchte ich auf alle Fälle ein bisschen Zeit."

Nicht mit mir, Freundchen. „Darum schicken Sie das Geld per DISCRETpay – das geht innerhalb von Minuten. Eine reguläre Überweisung wäre frühestens morgen auf meinem Konto, ich müsste den Krankentransport allerdings innerhalb der nächsten Stunde stornieren. Außerdem – wollen Sie wirklich einen Beleg dafür, dass Sie mich mit Geld bestechen, um sich von Ihrer Verantwortung als Sohn freizukaufen?"

Es dauert volle zehn Sekunden, bis aus dem Lautsprecher ein gequältes „Okay" zu hören ist. „Ist ja gut. Wie ist die Kontoverbindung?"

„Haben Sie etwas zu schreiben?"

Während Erika ihre Mailadresse diktiert, loggt sie sich in ihr DISCRETpay-Konto ein. „Sollte das Geld nicht innerhalb der nächsten halben Stunde da sein, gehe ich davon aus, dass Sie mit Ihrem Vater gemeinsam Weihnachten feiern möchten", zieht sie die Daumenschrauben noch ein Stückchen weiter an. Dieser Herr Neubauer, der soll ruhig wissen, dass mit einer Erika Römer nicht zu spaßen ist.

„Ist ja gut." Philipp Neubauer ist auf einmal sehr beflissen. „Frau Römer, zu Ihrer Beruhigung – ich sitze schon an meinem PC und kümmere mich direkt."

„Das will ich hoffen! Möchten Sie noch mal mit Ihrem Vater sprechen?"

„Nein, nein, bloß nicht. Ich muss mich beeilen! Aber grüßen Sie ihn von mir."

„Auf Wiederhören."

Es klickt in der Leitung, er hat aufgelegt. Erika schüttelt den Kopf.

Wie manche Menschen mit ihren Angehörigen umgehen, macht sie fassungslos. Sie greift nach Rudis Hand. Gott sei Dank sind sie nicht auf diesen Kerl, sondern nur auf sein Geld angewiesen. Ob der zuverlässig bezahlt? Aber da hat sie keine Zweifel. Solche Menschen glauben, sich mit Geld alles kaufen zu können. Auch ein Weihnachtsfest, bei dem der alt und lästig gewordene Vater nicht stören darf. Ein leises „Pling" ertönt. Tatsächlich – Geldeingang!

„Der hat gerade eben bezahlt", strahlt sie Rudi an.

„Die komplette Summe?"

„Ja, 10.000 Euro, wie vereinbart. Ich leite das Geld gleich weiter und lösche den Account."

Während Erika tippt, betrachtet Rudi sie stolz. Von wegen – zum alten Eisen gehören. Der Senioren-Computerkurs an der VHS hat sich wirklich gelohnt. Ja, man muss geduldig sein und mehrere Versuche starten, aber wenn man erst mal den richtigen Fisch an der Angel hat, dann fließen die Moneten. Wer hätte gedacht, dass der Enkeltrick so hervorragend auch andersherum funktioniert?

„Liebling, wen haben wir als Nächstes auf der Liste?", fragt er.

Erika zeigt auf eine Nummer in der Excel-Tabelle. „Versuch mal die hier."

Rudi wählt, es tutet.

„Bertram?"

Diesmal ist es eine Frau, die sich meldet. Klingt wie jemand genau im richtigen Alter – nicht zu jung, nicht zu alt. Erika und Rudi wechseln einen Blick – das könnte passen.

„Hallo?", krächzt Rudi ins Telefon.

STILLE NACHT

Ernst mochte keine Kartoffelklöße. Gans mochte er gerne, aber bitte nur mit Salzkartoffeln. Schon Ernsts Mutter hatte so die Weihnachtsgans serviert und exakt auf diese Weise erwartete Ernst das auch von seiner Ehefrau. Vor sich ein Blatt Zeitungspapier ausgebreitet, saß Inge daher auch dieses Jahr wieder an Heiligabend am Küchentisch und schälte Kartoffeln. Das mit dem Zeitungspapier war eine weitere Tradition, die sie von ihrer Schwiegermutter mit in die Ehe bekommen hatte. Der Tisch blieb dabei sauber und die zusammengerollte Zeitung mit den Kartoffelschalen ließ sich anschließend in den Bio-Eimer stecken. Das Geld für Müllbeutel wurde gespart, denn so ein Eimer ist ja schließlich schnell ausgewaschen.

Inge schälte schnell und gründlich. Zwischendurch horchte sie, aber nein, alles blieb ruhig. Kein Laut war aus Ernsts Zimmer zu hören. Auch als Vorruheständler hatte ihr Mann viel um die Ohren, da brauchte er absolute Ruhe, um abzuschalten. Immerhin war er derjenige, der hier alles finanzierte. Daher lag es doch auf der Hand, dass das Kinderzimmer nach Thomas' Auszug zum Studium zu Ernsts Refugium geworden war. Sein Arbeitszimmer, wie er es nannte, in dem er aber auch gerne seine Fußballspiele schaute. Dass der Fernseher in Ernsts Zimmer umgezogen war, hatte allein praktische Gründe: Die Geräusche, die Inge bei der Hausarbeit verursachte, störten so Ernst nicht bei der Fußballübertragung.

An diesem Nachmittag war allerdings kein Fernsehgemurmel zu hören. Wie jeden Tag hatte Ernst sich direkt nach dem Essen zum Mittagsschlaf in sein Zimmer zurückgezogen. „Beim Spülen, da stehen wir Männer nur im Weg", pflegte er zu sagen, bevor er die Tür hinter sich zu zog. Inge wusste, dass sie in dieser Zeit besonders leise zu sein hatte, denn Ernst reagierte empfindlich auf Lärm, insbesondere auf das Klappern von Tellern.

Sie begann, die Kartoffeln in Viertel zu schneiden. Längsgeviertelt, da legte ihr Ernst Wert darauf. Längsgeviertelte Kartoffeln blieben besser auf dem Teller liegen und rutschten nicht, wenn man sie mit der Gabel kleindrückte. Prüfend betrachtete sie die Kartoffelschalen auf dem Zeitungspapier. Schön dünn mussten sie sein, damit von der Kartoffel möglichst viel übrig blieb. Zu Beginn ihrer Ehe hatte sie die Kartoffeln noch mit einem Messer geschält, aber nachdem Ernst einmal den Schalenhaufen gewogen hatte, hatte er nur den Kopf geschüttelt und, wie er es ausdrückte, „in einen Sparschäler investiert".

Ernst investierte gerne in Dinge, die sparsam und praktisch waren. Unnütze Ausgaben duldete er nicht in seinem Haushalt, dafür hatte er als Sachbearbeiter einer Versicherung ein Leben lang hart arbeiten müssen. Ernst war der Alleinverdiener – seine Frau, die musste nicht arbeiten gehen, wie er gerne betonte. Das bedeutete aber nicht, dass Inge das Geld zum Fenster hinauswerfen konnte, oh nein! Und um Inge hier Anleitung und Stütze zu geben, ließ er sich daher samstags das Haushaltsbuch vorlegen. Tatsächlich fand sich dabei immer wieder die eine oder andere Ausgabe, die Inge hätte sparen können. Sorgfältig glich Ernst Inges Einträge mit den Einkaufsbeilagen aus der Wochenzeitschrift ab und wies beispielsweise darauf hin, dass die Milch bei einem anderen Anbieter tatsächlich ganze vier Cent günstiger gewesen wäre. Der lag zwar etwas weiter weg, war aber doch mit dem Fahrrad gut zu erreichen. Und wer viel Fahrrad fährt, tut gleichzeitig auch etwas für die Figur – daher brauchte Inge auch kein Fitnessstudio.

Ernst brauchte ebenfalls kein Fitnessstudio, schließlich war er Kassenwart im Sportverein. Besonders sportlich sah er allerdings nicht aus. Dabei hätte er die vielen Angebote seines Vereins genutzt, aber sein Ehrenamt nahm einfach zu viel Zeit in Anspruch. Wenn Inge darüber nachdachte, hatte Ernst sogar einen ordentlichen Bauchansatz. Sie würde sich allerdings hüten, ihn darauf anzusprechen. Ernst war der Meinung, Äußerlichkeiten seien nicht so wichtig, zumindest bei Männern nicht, denn da zählten die inneren Werte. In diesem Zusammenhang hatte er sich in letzter Zeit öfter erkundigt, ob Inges Friseurbesuche denn wirklich notwendig seien. Für Haarfarbe zum Selberfärben aus dem Discounter würde er sich durchaus großzügig zeigen, hatte er betont.

Ach ja, ihr Ernst! Er meinte es ganz gewiss gut ... Inge seufzte und ließ Wasser ein, um die Kartoffeln zu waschen. Ein kurzer Blick auf die Uhr – ja, es war noch genügend Zeit. Ob sie schon mit dem Tischdecken beginnen sollte? In der Küche oder im Wohnzimmer? Seit die Kinder aus dem Haus waren, nutzten sie den großen Esstisch nur noch selten. Aber dass man es sich auch zu zweit an Weihnachten schön macht, darauf legte Ernst großen Wert. Und da gehörten auch gebügelte Stoffservietten dazu, nicht wahr? Das war zwar nicht praktisch, aber trotzdem sparsam, denn die konnte man hinterher ja waschen.

So leise wie möglich nahm Inge aus dem Esszimmerschrank das „gute" Service. Das hatten sie von Ernsts Mutter geerbt. Es hatte einen Goldrand, weshalb Inge es von Hand abwaschen sollte. Was eigentlich keinen Unterschied machte, da die Spülmaschine bereits vor drei Jahren ihren Dienst aufgegeben hatte und Inge seither eh alles von Hand spülte. Der hohe Strom- und Wasserverbrauch des Geräts war Ernst schon länger ein Dorn im Auge gewesen. Akribisch hatte er alle anfallenden Kosten rund um die Anschaffung einer neuen Maschine in einer Tabelle notiert und dabei auch nicht die Pauschalen für Entsorgung, Lieferung und Montage vergessen.

„Inge, man muss mit der Zeit gehen", lautete sein Fazit, nachdem er die Zahlen verglichen hatte. Nur für zwei Personen, da lohne sich eine Spülmaschine nicht wirklich, selbst wenn die neuen Modelle deutlich sparsamer im Verbrauch seien. Viel sinnvoller sei es doch stattdessen, einen Computer anzuschaffen. Den könne man dank Ernsts ehrenamtlicher Tätigkeit sogar steuerlich absetzen.

Inge dachte an die Gänsekeule im Kühlschrank. Als die Kinder an Weihnachten noch zu Hause waren, hatte sie immer eine komplette Gans zubereitet. Für zwei Personen war hingegen eine Gänsekeule völlig ausreichend. Das hatte sich schon letztes Jahr bewährt, denn die konnte man gut teilen. „Du isst ja eh nicht so viel", hatte Ernst festgestellt und sich den fleischigen oberen Teil des Schlegels auf den Teller gelegt.

Inzwischen war es kurz vor vier. Inge hob den Römertopf aus dem Schrank. Wenn sie jetzt die Kartoffeln anschaltete, wären die auf alle Fälle fertig, bis es Zeit war, zum Weihnachtsgottesdienst aufzubrechen. In einer feuerfesten Form wären die Kartoffeln im Ofen ruckzuck wieder aufgewärmt, wenn sie vom Kirchgang nach Hause kämen. Inge zog die Küchenuhr auf und überlegte, ob sie kurz bei Erika vorbeigehen und fragen sollte, ob sie und Rudi zum Weihnachtsgottesdienst mitkommen würden. Bis vor Kurzem hätte Inge einfach zum Hörer gegriffen und angerufen, nun allerdings hätte sie dafür in den zweiten Stock laufen müssen.

Seit nämlich Ernst im Frühjahr ein sensationelles Angebot erhalten hatte, hatte er das Festnetztelefon abgemeldet. Stattdessen besaß Ernst nun ein Smartphone. Der Handyvertrag sei deutlich günstiger als die Grundgebühr des alten Telefons, hatte er ausgerechnet. Außerdem konnte man die Kosten komplett steuerlich absetzen, da der Vertrag allein auf Ernst ausgestellt war. Und da Inge ja nicht berufstätig war, wurde ein weiteres Telefon nicht benötigt.

Inge überlegte. Vielleicht war es doch keine gute Idee, jetzt bei Erika zu klingeln. Ernst sah es nicht gerne, wenn sie ohne ihn wegging. „Ich will nicht, dass meine Frau so aufdringlich ist", regte er sich dann auf. „Was sollen denn die Leute da von uns denken?"

Ein Poltern riss sie aus ihren Gedanken. Irgendetwas Schweres krachte zu Boden, es schepperte vernehmlich. Der Lärm kam aus

Ernsts Zimmer. „Ernst?" Keine Antwort. Inge huschte zur Zimmertür. „Liebling, ist was passiert?" Noch einmal horchte sie, aber es blieb weiterhin still. Inge biss sich auf die Lippen. Sollte sie nachschauen? Ernst konnte recht grantig reagieren, wenn sie ihn in seinem Zimmer störte. Andererseits hatten sich die Geräusche beunruhigend ange-hört. Vielleicht war etwas passiert? Wäre es da nicht besser, nach dem Rechten zu sehen? Nur ganz kurz, zur Sicherheit? Zögernd klopfte sie an der Tür. Nichts. Auch nicht, nachdem sie langsam bis zwanzig gezählt hatte. Vorsichtig drückte sie die Türklinke und schob die Tür einen Spalt auf. „Ernst?", flüsterte sie in den Türspalt. Immer noch keine Antwort. „Ist alles in Ordnung?", versuchte sie es etwas lauter. Wieder nichts. Inge schob die Tür ganz auf und schlich auf Zehenspitzen weiter. Auf den ersten Blick sah alles ganz normal aus … bis auf einen Fuß, der hinter dem Schreibtisch hervorlugte. Inge stürzte auf den Fuß zu und da – in einer seltsam verdrehten Haltung lag ihr Mann auf dem Teppich. Die Augen geschlossen, eine Hand krampfartig an die Brust gefasst.

„Ernst!"

Inge kniete neben ihm. Vorsichtig berührte sie seine Schulter. Atmete er noch oder sollte sie ihn beatmen? Der letzte Erste-Hilfe-Kurs lag Jahre zurück. Was machte man bloß in solchen Situationen?

„Ernst?", rief sie laut und schüttelte ihn fester. Er schlug so plötz-lich die Augen auf, dass Inge mit einem Schrei zurückfuhr. „Aaahts", schnaufte er.

„Liebling?"

Ernst murmelte etwas Unverständliches und streckte die Hand aus. Zeigte er auf etwas? Inges Blick folgte der ausgestreckten Hand. Tatsächlich, knapp außerhalb seiner Reichweite lag das Handy auf dem Teppich. Bei seinem Sturz war es ihm wohl aus der Hand gerutscht. Inge bückte sich, um es aufzuheben.

„Aaahts", keuchte Ernst und starrte sie an. Inge zögerte. War es Erleichterung oder Zorn in seinen Augen? Das Handy war allein sein

Eigentum, da legte Ernst großen Wert darauf. Noch nie hatte sie es anfassen, geschweige gar damit telefonieren dürfen.

„Nooh-aaaatss!", krächzte Ernst und zeigte erneut auf das Handy.

„Liebling, soll ich dir das Handy geben?", fragte Inge vorsichtig.

„NOOH-AAAATST!"

Sein Gesicht war inzwischen dunkelrot angelaufen, über irgendetwas schien er sich aufzuregen. So sah er eigentlich nur aus, wenn er sich über sie ärgerte. Also hatte sie etwas falsch gemacht, wieder einmal. War es ihr unaufgefordertes Eindringen in sein Refugium oder dachte er, sie wolle sich seines Handys bemächtigen? Inge betrachtete ihren am Boden liegenden Ehemann, der sie wütend anfunkelte. Wenn sie in dreiunddreißig Ehejahren eines gelernt hatte, dann, dass es besser war, ihm aus dem Weg zu gehen, wenn er einen so anschaute.

In der Küche klingelte die Küchenuhr. Zeit, die Kartoffeln vom Herd zu nehmen. Seltsam, was einem in solchen Momenten für Gedanken durch den Kopf gingen … Inge dachte an die langen Feiertage, die vor ihnen lagen. Mit einem eingeschnappten Ehemann waren das keine schönen Aussichten, denn Ernst konnte ausgesprochen nachtragend sein. In solchen Situationen hatte es sich bewährt, ihn fürs Erste in Ruhe zu lassen. Nach ein, zwei Tagen hatte er sich in der Regel so weit beruhigt, dass er zumindest bereit war, Inge ihre Fehler zu erklären. Weihnachten hin oder her, vielleicht war das auch jetzt keine schlechte Idee?

Sie bückte sich, hob das Handy auf und legte es behutsam auf den Schreibtisch. Für seinen Zustand war es bestimmt nicht förderlich, jetzt mit einem Handy zu hantieren. Besser, sie würde ihm Gelegenheit geben, sich zu schonen. „Entschuldige, Liebling", sagte sie leise, als sie das Zimmer verließ und die Tür fest hinter sich zuzog.

Die Küchenuhr zeigte 16:21 Uhr, als Inge die Kartoffeln abgoss und zum Abkühlen auf den Balkon stellte. Nach der Kirche würde sie sie stampfen und zusammen mit geriebenen rohen Kartoffeln zu Klößen formen. Denn dieses Weihnachten, so hatte Inge gerade beschlossen, würde sie zu ihrer Gänsekeule Kartoffelklöße essen.

MORGENLAND

„Und – wohin soll es gehen, Herr ...", Malcharek kniff die Augen zusammen, um das Namensschild auf der Brusttasche seines Gegenübers besser lesen zu können. „Balts?", entzifferte er nach kurzem Zögern.

„Für Sie Commissioner Baltes! Baltes wie Kaltes! Das ‚e' wird mitgesprochen."

Malcharek konnte sich ein Augenrollen gerade noch verkneifen. „Selbstverständlich, Commissioner Baltes." Baltes-wie-Kaltes – was war das denn für eine bescheuerte Eselsbrücke? Genauso bescheuert wie dieser geleckte Typ in seiner dämlichen Uniform. „Hätten Sie vielleicht die Güte zu verraten, wohin unsere Kontrollmission gehen soll?", wiederholte er übertrieben freundlich.

„Das braucht Sie nicht zu interessieren. Ich gebe die Zielkoordinaten vor, Ihre Aufgabe beschränkt sich darauf, uns sicher hin- und wieder zurückzubringen."

„Aber an Bord meiner Maschine bin immer noch ich der Captain!", protestierte Malcharek. Das fehlte ihm gerade noch, dass dieser Gockel allen Ernstes glaubte, ihm Vorschriften machen zu können.

„An Bord Ihrer Maschine bin ICH heute Ihr Sicherheitsoffizier." Baltes lächelte schmallippig. „ICH prüfe den technischen Zustand Ihrer Zeitmaschine. ICH verfasse den Bericht und nur wenn alles zu MEINER Zufriedenheit verläuft, bekommen Sie Ihre Lizenz verlängert. Machen Sie sich bereit, wir starten in fünf Minuten. Oder haben Sie dazu noch Fragen?"

Malcharek unterdrückte die unflätige Bemerkung, die ihm auf der Zunge lag. Eindeutig saß Baltes-wie-Kaltes am längeren Hebel und war sich dessen sehr wohl bewusst. Ob es ihm als Captain nun passte oder nicht, er würde in den sauren Apfel beißen müssen. Zeitreisen sind einfach nicht mehr das, was sie mal waren, dachte er grummelnd. „Kasbah?", rief er in den Maschinenraum.

„Captain?" Kasbahs Kopf tauchte hinter dem Stabilisator auf.

„Hier ist mal wieder einer dieser …", Malcharek unterbrach sich gerade noch rechtzeitig, „Sicherheitsoffiziere von der Behörde. Maschinen fertig machen zum Start – wir fahren eine Kontrollmission." Er betrat den Maschinenraum und zog die Tür hinter sich zu. „Bullshit", wetterte Malcharek und tätschelte liebevoll einen der Turbinenkästen. „Als ob mein Mädchen hier nicht sicher wäre … Ich habe schon Zeitreisen unternommen, da hat dieser Fatzke noch in die Windeln geschissen …"

Kasbah nickte. Gewiss, früher, da war alles besser gewesen. Seit Beginn seines Praktikums hörte er sich die Klagen des alten Mannes an und kannte sie inzwischen in- und auswendig. Ja, Malcharek hatte zu den Pionieren der Zeitreisen gehört, lange noch, bevor das Patent ausgelaufen und andere Anbieter wie Pilze aus dem Boden geschossen waren. Kurz darauf wurde die Behörde zur Sicherung von Zeitreisen – kurz BSZ – gegründet und ab diesem Zeitpunkt waren regelmäßige Kontrollmissionen Vorschrift. Völlig unnötig, wenn es nach Malcharek ging. Kontrollmissionen waren genauso aufwendig wie normale Fahrten, nur dass eben zahlende Passagiere fehlten und die Betreiber zum Erhalt ihrer Lizenz alles aus eigener Tasche finanzieren mussten. „Sicherheit, dass ich nicht lache. Diesen Paragrafenreitern geht es nur darum, uns kleine Anbieter aus dem Markt zu drängen", schimpfte er.

Kasbah hatte dazu seine eigene Meinung. Ganz unberechtigt waren die Anforderungen der BSZ nicht, schließlich waren einige Zeitreisende nicht mehr zurückgekehrt. Andererseits sorgten die hohen Auflagen dafür, dass immer mehr Zeitmaschinen der ersten Generation keine Betriebsgenehmigung mehr erhielten, was auch wiederum schade war. Diese alten Maschinen ließen sich noch manuell steuern, darum hatte er sich für sein Praktikum auch für einen dieser „Oldtimer" entschieden. „Aye, Captain!", nickte er. „Startklar in fünf Minuten."

Exakt sieben Minuten später war die Zeitmaschine auf ihrer Kontrollmission unterwegs. Der Start war mustergültig verlaufen. Baltes, der ihnen nicht von der Seite gewichen und jeden Handgriff genau registriert hatte, hatte nichts zum Beanstanden gefunden. Kasbah betrachtete die Zahlen auf dem Display, die sich kontinuierlich von ihrem Ankerpunkt entfernten, von dem sie gestartet waren. Sie fuhren in die Vergangenheit. Malcharek stieß ihn in die Rippen und wies mit einer Grimasse auf Baltes. Auch wenn die Zeitmaschine schnurrte wie ein Kätzchen, hatte sich der Sicherheitsoffizier ordnungsgemäß angeschnallt.

Kasbah lehnte sich zurück und ließ seine Gedanken ziehen. Wohin es wohl diesmal gehen würde? Große Zeitsprünge waren teuer und aufwendig, nur die wenigsten konnten und wollten sich das leisten. Er merkte, wie das angenehme Vibrieren der Maschinen ihn zunehmend schläfrig machte. Nur einen Moment die Augen schließen ...

„Kasbah?"

Unsanft wurde an seiner Schulter gerüttelt. Kasbah schlug die Augen auf und erschrak im ersten Moment, Malcharek so dicht vor sich zu sehen.

„Junge, niemals pennen im Zeitsprung! Wir sind außerdem gleich da."

Kasbah blinzelte, tatsächlich liefen die Zahlen bereits langsamer, sie befanden sich also kurz vor dem Ziel.

„Du gehst nach hinten und machst schon mal den ..." Malcharek legte den Kopf schief. „Sag mal, hörst du das?" Aus dem Maschinenraum drang ein schleifendes Geräusch, das zunehmend lauter wurde. Es klang ungesund – als ob Metallteile aneinander rieben. „Was zum …" Ein lauter Knall unterbrach ihn. Malcharek riss die Tür zum Maschinenraum auf, weißer Dampf quoll ihm entgegen, es zischte vernehmlich.

„Was ist hier los?" Baltes hatte sich in seinem Sitz aufgerichtet. Im selben Moment schrillte der Alarm los, wie auf Kommando begannen die Displays der Steuerungseinheit hektisch zu blinken.

„Maschine läuft heiß. Notbremsung aktivieren!", brüllte Malcharek.

„Das entspricht nicht den Vorschriften. Wir dürfen hier nicht anhalten!", protestierte Baltes.

„Schnauze", bellte ihn Malcharek an. „Kasbah, stell auf manuelle Steuerung um!"

„Sie dürfen nicht manuell …" Baltes klang panisch, aber niemand achtete auf ihn.

Malcharek stürzte sich auf einen Hebel. „Kasbah, wir müssen sie ausbremsen. Du nimmst den anderen Bremshebel. Auf drei …" Der Lärm war ohrenbetäubend, die Wände knirschten bedrohlich. „… zwo, eins, JETZT!" Mit vereinten Kräften zogen sie die Bremshebel nach unten. Die Motoren brüllten auf, mehrere Schläge ließen die Wände erzittern.

„Festhalten!"

Mit einem kreischenden Geräusch schlingerte die Zeitmaschine von einer auf die andere Seite. Es polterte und dröhnte, die Männer wurden hin- und hergeschleudert. Auch wenn es sich nur um Sekunden handelte, fühlte es sich doch wie eine halbe Ewigkeit an, bis die Maschine endlich zum Stillstand kam. Ein letztes Zittern durchlief den Fahrgastraum, danach war es schlagartig still. Kasbah und Baltes starrten Malcharek an, der sich den Bart rieb. „Landung sicher geschafft, würde ich sagen", inprovisierte er lahm, weil ihm gerade nichts Besseres einfallen wollte. Zwar ließ er es sich nicht anmerken, aber insgeheim wusste er genau, dass es diesmal knapp gewesen war.

Baltes holte tief Luft. „Sind Sie von Sinnen? Sie hätten uns umbringen können in diesem ...", er fuchtelte mit den Armen, „diesem Schrotthaufen", brachte er schließlich heraus.

„Ach halt die Klappe", zischte Malcharek. Mist, das war ihm herausgerutscht. So sollte man besser nicht mit dem Sicherheitsoffizier einer Kontrollmission sprechen, aber das war jetzt wahrscheinlich eh egal.

„Kasbah?"

„Captain?"

„Alles okay?"

„Ja, hab mir nur den Kopf gestoßen."

„Gut. Dann lass uns mal den Schaden begutachten."

Malcharek und Kasbah verschwanden im Maschinenraum, Baltes starrte ihnen hinterher. Er schäumte vor Wut. Nicht nur, dass man ihn auf solch ein Himmelfahrtskommando geschickt hatte, nein – er hatte es auch noch mit einer Crew zu tun, die ihn wie Luft behandelte. Dabei war er der leitende Sicherheitsoffizier! So würden sie nicht mit ihm umspringen, nein, so nicht! Ungehalten riss er die Tür zum Maschinenraum auf. „Ich fordere einen umgehenden Bericht über unsere Lage! Sofort!", verlangte er und registrierte verärgert, dass Malcharek ihn weiterhin ignorierte. Na warte, der würde ihn schon noch kennenlernen ... Immerhin hob der Praktikant den Kopf. „Wir haben ein Leck im Kühlkreislauf", erläuterte Kasbah mit einem entschuldigenden Blick auf seinen Vorgesetzten. „Lässt sich reparieren, aber wir haben Kühlmittel verloren."

Malcharek kratzte sich am Bart. „Wir brauchen Wasser. Kasbah, lass einen Scan über die Umgebung laufen, ich kümmere mich derweil um das Leck."

„Wird gemacht." Kasbah verschwand im Fahrgastraum. Eine unangenehme Stille breitete sich aus. „Und was gedenken Sie jetzt zu tun?", fragte Baltes nach einer Weile. Misstrauisch betrachtete er die Tanks mit der Kühlflüssigkeit. Auch ohne sich gut in den technischen Details einer Zeitmaschine auszukennen, konnte man sehen, dass sie gerade noch zu einem Viertel gefüllt waren. Zu wenig für einen Zeitsprung. „Meinen Sie, wir kommen hier wieder weg?", hakte er nach.

Bedächtig rieb sich Malcharek die Hände an einem Lappen ab. „Ganz ehrlich – darauf wetten würde ich nicht . . ."

„Worauf würdest du nicht wetten?" Mit einem Tablet in der Hand kam Kasbah zurück in den Maschinenraum.

„Dass uns nicht doch jemand gesehen hat." Malcharek schaute Baltes durchdringend an. Kein Wort zu dem Jungen, bedeutete sein Blick.

„Nee, das glaube ich auch nicht." Kasbah tippte auf das Display. „Der heiß gelaufene Schutzschild hat unseren Kondensstreifen richtig schön beleuchtet, das war mitten in der Nacht wohl kaum zu übersehen. Bleibt zu hoffen, dass die Gegend dünn besiedelt ist."

Erzähl noch mehr davon, was heute alles schiefgelaufen ist, da wird sich unser Sicherheitsoffizier bestimmt freuen, dachte Malcharek. „Hast du Wasser gefunden?", unterbrach er Kasbahs Schadensbericht.

„Wie es aussieht, gibt es größere Wasservorkommen, allerdings in tieferen Schichten. Die Einwohner haben Brunnen gebaut. Einer davon ist ganz in der Nähe."

„Was heißt das?"

„Nur zwei Meilen von hier entfernt."

„Moment mal! Wir dürfen nicht aussteigen!", protestierte Baltes. „Keiner weiß, welche Auswirkungen das auf unser Raum-Zeit-Gefüge haben kann!"

„Fällt Ihnen was Besseres ein?", bellte Malcharek. „Ohne Kühlung fliegt uns die Mühle um die Ohren, das haben wir ja gerade miterlebt. Da kommen wir keine Dekade weit."

„Das entspricht aber nicht den Vorschriften . . .!"

„Stecken Sie sich Ihre Vorschriften sonst wohin. Wir brauchen Wasser für den Zeitsprung. Oder wollen Sie hier etwa bleiben?"

Baltes presste die Lippen zusammen. „Und wie stellen Sie sich das vor?"

Malcharek starrte ihn aus zusammengekniffenen Augen an. „Wir gehen raus. Alle zusammen. Und das ist ein Befehl!", sagte er bedächtig.

Eine halbe Stunde später brachen die drei Männer auf. Malcharek ging als Erstes, Kasbah folgte mit dem Supraleit-Schlitten und Baltes hatte man zur Nachhut verdonnert. Zweimal noch hatte er auf die korrekte Auslegung der Vorschriften gepocht, aber schließlich eingelenkt, als Malcharek damit gedroht hatte, ihn mit Handschellen gefesselt in der Zeitmaschine zurückzulassen. Eine saftige Beschwerde würde das geben! Sollten sie jemals in ihre Zeit zurückkommen, würde er persönlich dafür sorgen, dass dieser Schrotthaufen nirgends mehr hinfuhr. So etwas gehörte aus dem Verkehr gezogen! Dem Alten würde er die Lizenz streichen lassen, jawohl. Was der hier veranstaltete, das war lebensgefährlich. Noch nicht einmal die Notfallausrüstung hatten sie mitnehmen wollen, immerhin da hatte er sich durchsetzen können. Missmutig stapfte er hinter den anderen einen Hügel hinauf. „Wie weit denn noch?", schnaufte er, als sie endlich oben angekommen waren.

Kasbah überprüfte die Koordinaten. „Wir müssten gleich da sein. Da unten ist es irgendwo."

Baltes starrte in die tintenschwarze Nacht. Kein Licht weit und breit. „Ich kann mir nicht vorstellen, dass da irgendetwas oder irgendjemand ist", beschwerte er sich.

„Wenn der Junge sagt, wir sind gleich da, dann sind wir auch gleich da", fuhr ihn Malcharek an.

Kasbah drehte sich um. „Könnt ihr zwei mal still sein? Ich glaube, ich habe was gehört."

Angestrengt lauschten die drei in die Dunkelheit. Nichts. Gerade, als sie weitergehen wollten, zerriss ein Schrei die Nacht.

„Was war das?", fragte Malcharek.

„Egal was, es geht uns nichts an." Baltes klang besorgt.

„Es kommt aber aus der Richtung, in der der Brunnen liegt."

Kasbah schaute auf das Display. „Wir müssen eh dahin. Klingt, als ob jemand in Not ist!"

Malcharek zögerte kurz und griff nach seinem Ärmel. „Kasbah, warte mal." Mit einem Seitenblick auf Baltes fuhr er fort. „Ich sage es ungern, aber wo er Recht hat, hat er Recht. Das da geht uns nichts an. Wir holen das Wasser und treten dann so schnell es geht den Rückweg an."

Erneut ein Schrei – eindeutig verzweifelt. Kasbah riss sich los. „Mir egal, was ihr sagt, ich gehe nachschauen. Ihr könnt hier von mir aus gerne warten." Entschlossen packte er den Griff des Schlittens und stapfte davon. Nach wenigen Schritten hatte ihn die Dunkelheit verschluckt.

„Dickkopf", schimpfte Malcharek. „Los, ihm nach!"

Baltes marschierte beleidigt hinterher. „Das entspricht aber nicht den Vorschriften!", murrte er.

Durch das lose Geröll auf der Rückseite des Hügels dauerte der Abstieg länger als erwartet. Je weiter sie kamen, desto lauter erklangen die Schreie. Inzwischen war eindeutig, dass es sich dabei um eine Frau handeln musste.

„Da muss es sein." Kasbah zeigte auf ein Gebäude, das sich aus der Dunkelheit schälte. „Und der Brunnen ist gleich auf der anderen Seite!" Beim vorsichtigen Umrunden des Gebäudes stießen sie auf ein niedriges Tor. „Ich glaube, sie sind da drin!", flüsterte Kasbah. Ohne eine Antwort abzuwarten, drückte er das Tor einen Spalt auf und duckte sich, um einzutreten. Drinnen war es finster, bis auf eine kleine Öllampe, die ein wenig Helligkeit spendete. Kasbah erkannte in einer Ecke zwei Gestalten kauern, die ihn erschrocken anstarrten. Ein Mann und eine Frau, wie er beim Näherkommen feststellte. Geblendet vom Licht der Stirnlampen hielt der Mann sich den Unterarm vors Gesicht und tastete nach einem Knüppel. Schützend schob er sich vor die Frau, die leise stöhnte.

„Er bringt sie um!", rief Baltes.

Wieder stöhnte die Frau, diesmal lauter. Unschlüssig schaute der Mann zwischen den Neuankömmlingen und der Frau hin und her. Er packte den Knüppel fester und machte einen zögerlichen Schritt auf sie zu. Die Frau keuchte erneut auf, dann schrie sie abermals. Der Mann ließ den Knüppel fallen und griff nach ihrer Hand.

Malcharek schüttelte genervt den Kopf. Er zog Baltes am Ärmel. „Alles in Ordnung. Sie bekommt ein Kind!"

„Was? Hier?! In einem ..." Baltes schaute sich missbilligend um. Stall wäre als Bezeichnung für diese Bruchbude noch zu hoch gegriffen.

„Das ist für diese Zeit ganz normal" Malcharek zuckte die Achseln. „Alle Frauen machen das so."

„Also ganz normal sieht das nicht aus. Schau nur, das viele Blut ...", widersprach Kasbah. Die Frau hatte die Augen geschlossen und atmete keuchend. Das Stroh, auf dem sie lag, war dunkelrot verfärbt. Kasbah zog aus seinem Rucksack einen Bioscanner. Als er ihn auf die Frau richtete, griff der Mann erneut nach seinem Knüppel.

„Alles gut!" Malcharek hob beschwichtigend die Hände, in der Hoffnung, den Mann damit von ihren guten Absichten überzeugen zu können.

Kasbah betrachtete das Ergebnis in der Anzeige. „Ihre Vitalfunktionen nähern sich dem kritischen Bereich, auch dem Kind geht es nicht so besonders."

Baltes schüttelte entschieden den Kopf. „Die Vergangenheit darf auf gar keinen Fall verändert werden. Wir dürfen uns da nicht einmischen!"

„Aber wir haben uns doch schon eingemischt", widersprach Kasbah. „Das ist doch jetzt eh egal. Eigentlich dürften wir gar nicht hier sein." Die Frau schrie wie am Spieß. „Wenn wir sie hier liegen lassen, sterben beide."

„Das entspricht aber nicht den Vorschriften! Du hast keine Ahnung, was es für Folgen nach sich ziehen kann, wenn Du aus falsch verstandenem Mitgefühl den Geburtshelfer spielst."

„Was soll das denn für Folgen haben, wenn man ein Menschenleben rettet?", protestierte Kasbah.

„Unüberlegtes Handeln könnte unsere komplette Zukunft verändern. Was, wenn es eine Zukunft ohne Zeitreisen ist?"

„Schluss jetzt!", donnerte Malcharek. „Das ist nicht der Zeitpunkt für sinnlose Diskussionen. Baltes, Sie haben doch darauf bestanden, diese Scheiß-Notfallausrüstung mitzuschleppen, oder? Warum zum Kuckuck sollen wir sie denn jetzt nicht benutzen?"

Baltes zog den Kopf ein. „Weil das nicht ..."

„Ich bin immer noch Captain dieser Mission. Ich übernehme hier, ihr zwei geht raus und kümmert euch um das Wasser. Und Baltes – das ist ein Befehl."

Malcharek drehte sich zu dem Paar um, das die drei mit weit aufgerissenen Augen anstarrte. Er ging in die Knie und zeigte seine offenen Handflächen. „Malcharek", sagte er in beruhigendem Tonfall und tippte dabei auf seine Brust. „Kasbah, Baltes", stellte er seine Begleiter vor. „Freund" betonte er übertrieben deutlich und mit einem Seitenblick auf Baltes „helfen". Etwas am Klang seiner Stimme schien den Mann zu überzeugen, denn langsam ließ er den Knüppel sinken. Malcharek griff nach dem Notfallkoffer.

Als Malcharek wieder nach draußen kam, saß Kasbah auf einem Stein und bestaunte einen Nachthimmel, wie er ihn in dieser Herrlichkeit noch nie zu Gesicht bekommen hatte. Unglaublich, wie viele Sterne hier funkelten! Kaum zu glauben, dass das derselbe Himmel sein sollte, den er von zu Hause aus bisweilen beobachtete. Er schaute zu Malcharek auf. „Und?"

Der schmunzelte vielsagend und nickte in Richtung Tür. „Schau es dir an."

Kasbah stand auf und wischte sich die Hände an den Jeans ab. „Unser Sicherheitsoffizier musste sich übrigens noch mal so einiges durch den Kopf gehen lassen." Mit einem Kopfnicken wies er auf einen Strauch, hinter dem würgende Geräusche hervordrangen. „Er kann wohl kein Blut sehen", schob er hinterher und zog eine Grimasse. „Geschieht im ganz recht."

„Habt ihr das Wasser?"

„Wir? Ich musste alles komplett alleine hochpumpen. Außer aus seinen Vorschriften zu zitieren ist der Kerl zu nichts zu gebrauchen. Aber um deine Frage zu beantworten – ja, beide Tanks sind voll."

Malcharek nickte. „Na dann komm." Beide Männer traten in die Baracke. In eine goldfarbene Isolierdecke gehüllt, saß die junge Mutter in der Ecke des Raumes. Von dem Baby war nur das Köpfchen zu sehen. Der frischgebackene Vater stand daneben und lächelte etwas unbeholfen auf seine kleine Familie herunter.

„Wie geht es ihr?", raunte Kasbah.

„Ganz gut so weit. Sie hat viel Blut verloren, aber dank eines Hämoglobin-Boosters dürfte sie spätestens morgen dürfte sie wieder auf den Beinen sein."

„Und das Kind?"

„Ein Junge. Bisschen klein, aber gesund und munter. Ich habe ihn mit allem versorgt, was er braucht, damit er sich gut entwickeln kann. Geimpft ist er auch." Malcharek lächelte stolz.

„Geimpft?" Wie aus dem Nichts war Baltes hinter ihnen in der Tür aufgetaucht. „Sie haben sie mit unseren Medikamenten behandelt? Das entspricht nicht..."

Kasbah platzte der Kragen. „Was soll das denn? Das ist doch nicht Ihr Ernst! Wissen Sie, wie hoch hier die Säuglingssterblichkeit ist? Wenn wir nicht gekommen wären, wer weiß, wie das ausgegangen wäre!", zischte er Baltes an, der sich allerdings nicht unterbrechen ließ: „... den Vorschriften!", vollendete er ungerührt seinen Satz.

„Dann havarieren wir nächstes Mal eben vorschriftsmäßig", schlug Malcharek vor.

„Für Sie wird es kein nächstes Mal geben, dafür werde ich sorgen!", knurrte Baltes. „Darauf können Sie sich verlassen."

Der Zeitsprung zurück zum Ankerpunkt verlief vorschriftsmäßig, sogar wenn man Baltes Maßstäbe zugrunde legte. Malcharek kratzte sich am Kopf. Vielleicht war das tatsächlich die letzte Reise, die er mit seinem Mädchen unternommen hatte. So manch knifflige Situation hatte er schon bewältigt, aber ausgerechnet heute war es knapp geworden, selbst für seine Maßstäbe. Er schlenderte zu Baltes, der mit verkniffenem Gesicht auf seinem Tablet tippte.

„Hören Sie", setzte er an, „vielleicht hatten Sie und ich nicht so einen guten Start …"

Baltes fuhr ihm ins Wort. „Wir hatten einen nicht so guten Start? Im Ernst? So nennen Sie das also! Dass ich nicht lache. Ha! Haha!"

„Also ich, ähm …"

„Nein! Sie werden von MIR hören. ICH werde meinen Bericht heute noch einreichen. Ihre Zeitreisen sind gemeingefährlich, ach was, lebensgefährlich. Damit ist jetzt Schluss, dafür werde ICH höchstpersönlich sorgen!"

Malcharek zog ein missmutiges Gesicht. Andere Sicherheitsoffiziere hatten sich für gewisse Zuwendungen immer empfänglich gezeigt und im Gegenzug gerne das eine oder auch das andere Auge zugedrückt. Bei dem hier brauchte er es erst gar nicht versuchen. Baltes-wie-Kaltes war ein prinzipientreuer Paragrafenreiter, in dessen Welt Bestechung keinen Platz hatte. Vielleicht sollte Malcharek es direkt beim BSZ versuchen? Den einen oder anderen Kontakt von früher hatte er dort ja noch …

„Ich will sofort aussteigen", ereiferte sich Baltes und begann seine Unterlagen in eine Mappe zu stopfen. „Keine Minute länger bleibe ich in diesem Schrotthaufen!"

„Ist ja gut." Malcharek entriegelte die Hauptschleuse, packte am Griff und zog … vergeblich. Irgendetwas blockierte den Eingangsbereich, die Tür ließ sich nur ein kleines Stück öffnen. Malcharek seufzte genervt. Das durfte doch nicht wahr sein! Ein weiteres technisches Problem, das hatte ihm gerade noch gefehlt. Heute war echt nicht sein Tag … Er streckte den Kopf durch den Spalt und stutzte. Nanu? Was war das denn? Einerseits sah es aus wie immer, andererseits aber doch wieder nicht. Denn direkt vor dem Schleusenausgang stand – ein Baum?! Tatsächlich, ein Nadelbaum. Ein richtiger echter Baum, bestimmt drei Meter hoch. Wie kam der denn hierher? Und als wäre das allein nicht seltsam genug, hing an dem Baum auch noch allerlei Merkwürdiges. Eine fröhlich blinkende Lichterkette, jede Menge Kugeln in allen möglichen Größen und Farben und sogar kleine Figuren konnte er zwischen den Zweigen entdecken. Malcharek rieb sich die Augen, blinzelte – aber der Baum mit samt seiner eigenartigen Dekoration stand immer noch da. Mitten im Raum! Malcharek spürte, wie ihm der Schweiß ausbrach. Was auch immer dieser Baum zu bedeuten hatte, bei ihrer Abreise hatte er noch nicht da gestanden. Garantiert nicht, das wäre ihm aufgefallen, denn so etwas hatte er im Leben noch nicht gesehen.

„Kasbah", rief er über die Schulter, „ähm, könntest du noch mal die Ankerpunktanzeige checken?"

„Aber selbstverständlich!"

Kasbah wunderte sich zwar über die Frage, beeilte sich aber, den Anweisungen seines Vorgesetzten Folge zu leisten. Warum wollte Malcharek die Ankerpunktanzeige überprüft bekommen? Der Ankerpunkt wurde immer bei der Abreise gesetzt und zog die Zeitmaschine bei der Rückreise wie an einem Gummiband wieder zu ihrem Ausgangpunkt zurück. Es war schlicht und einfach unmöglich, den Ankerpunkt zu verfehlen. Er beugte sich über die Anzeige. Seltsam. Gemäß dem Magnetfeld waren sie wieder exakt an ihrem Ausgangspunkt angekommen, aber irgendetwas stimmte mit der Anzeige nicht. Die Jahreszahl war deutlich niedriger. Was hatte das zu bedeuten?

„Captain, das hier musst du dir mal anschauen!", rief er in Malchareks Richtung.

„Was ist denn jetzt schon wieder?" Baltes Stimme klang alarmiert. Er drängte sich an Kasbah vorbei und versuchte, hinter Malchareks Rücken durch den Türspalt zu spähen. „Jetzt lassen Sie mich durch! Ich will endlich aussteigen!"

Malcharek zögerte nur den Bruchteil einer Sekunde. Baltes würde früh genug feststellen, dass sie nicht in die Gegenwart zurück gekehrt waren, von der sie aufgebrochen waren. An sich fand Malcharek das nicht schlimm, Zeitreisen bargen nun mal ein gewisses Restrisiko. Trotzdem wollte er nicht in seiner Nähe sein, wenn Baltes-wie-Kaltes das merkte. Der Kerl würde ein Riesentheater veranstalten und dazu hatte Malcharek heute einfach keine Geduld mehr. Besser also, Baltes bekam dieses Was-auch-immer erst mal nicht zu Gesicht.

Sachte zog Malcharek die Schleusentür wieder zu und verriegelte sie sorgfältig. „Nichts ist. Gar nichts. Alles in bester Ordnung. Die Tür der Hauptschleuse klemmt nur etwas. Hat sich wohl bei dem Unfall verzogen. Ist aber überhaupt kein Problem, wir nehmen den Notausgang auf der Rückseite."

DER GEIST DER WEIHNACHT

Cora

Meine Schwiegertochter ist ein richtiges Miststück! Verhext hat sie meinen Martin, anders kann ich mir gar nicht erklären, was der Junge an ihr findet. Auch optisch hat sie nichts zu bieten, höchstens wenn man auf den Typ billiges Flittchen steht, wird man bei so einer wie Tamara fündig. Leider lässt der Frauengeschmack meines Sohnes diesbezüglich sehr zu wünschen übrig – die, die er mir vorher mit nach Hause gebracht hat, spielten auch nicht gerade in der ersten Liga. Hätte ich aber geahnt, dass er ausgerechnet an dieser geldgierigen Schlampe kleben bleibt, hätte ich die anderen zumindest genauer in Augenschein genommen.

So ist es also am Ende Tamara geworden. Schon bei unserer ersten Begegnung wusste ich, dass es mit der schwierig werden würde. Als Mutter spürt man, wenn der Sohn aufs falsche Pferd setzt. Wie respektlos und unverschämt sie sich bereits bei unserem Kennenlernen aufgeführt hat, werde ich mein Lebtag nicht vergessen. Aber Martin wollte ja partout nicht auf meinen Rat hören und hat sie trotzdem geheiratet. Wenigstens mit Kindern hat es geklappt, ich habe zwei Enkel, auf die ich stolz bin. Von Tamara haben sie glücklicherweise nichts geerbt, Marvin ist meinem verstorbenen Mann Gustav wie aus dem Gesicht geschnitten und Luca kommt ganz nach Martin.

Die Enkel waren auch der Grund, weshalb ich Martin aus purer Gutherzigkeit den ersten Stock meines Hauses angeboten habe. Ihre

Wohnung wäre sowieso irgendwann zu klein geworden und die Kinder brauchen schließlich einen Garten zum Spielen. Überhaupt – was gibt es Schöneres als Kinderlachen im Haus? Das kann ich Ihnen genau sagen – Kinderlachen ohne Tamara im Haus. Dieses Weib hier einziehen zu lassen, habe ich wirklich jeden Tag bereut. Hätte ich geahnt, mit dieser Frau dem personifizierten Bösen Einlass in mein Leben zu gewähren, hätte ich mir diese Entscheidung dreimal überlegt, das können Sie mir glauben.

Ärger gab es gleich von Anfang an. Anstatt bescheiden und dankbar für die Zimmer zu sein, die ich ihnen überlassen habe, hat Tamara sich nach und nach im ganzen Haus ausgebreitet. Wie ein Krake hat sie jeden freien Raum für sich und ihren Kram okkupiert. Und nichts, aber auch gar nichts entsprach ihren Ansprüchen, das ganze Haus hat sie auf den Kopf gestellt. Sogar die Bäder mussten neu gemacht werden, weil die Dame sie für zu unmodern befand. Eine völlig sinnlose Geldverschwendung, wenn Sie mich fragen, ich möchte gar nicht wissen, was das alles gekostet hat. Als wir damals das Haus bauten, wurde in Qualität investiert, an der man jahrzehntelang Freude hat. Und eine Toilette ist und bleibt schließlich eine Toilette, auch wenn sie über dreißig Jahre alt ist, oder? Mein Junge, gutherzig, wie er nun mal ist, hat jedenfalls sofort die Handwerker beauftragt, um es seiner Tamara recht zu machen. Bis heute hat er immer noch nicht erkannt, was für ein geldgieriges Miststück er da geheiratet hat.

Ja, Tamara rafft an sich, was sie in die Finger kriegen kann. In diesem Jahr hat sie sich auch noch das Weihnachtsfest unter den Nagel gerissen. Und das, wo doch Weihnachten schon immer mein Fest gewesen ist. Ich habe nämlich am 24. Dezember Geburtstag und es immer als großes Privileg empfunden, diesen besonderen Tag mit der Familie verbringen zu dürfen. Aber nicht einmal davor hat Tamara Respekt, ich hätte es wissen müssen. Ich kann Ihnen noch nicht einmal genau sagen, wie es dazu gekommen ist, irgendwann hat sie einfach das Heft in die Hand genommen und mich vor vollendete

Tatsachen gestellt. Natürlich habe ich mich bei Martin beschwert, aber auf diesem Ohr scheint er taub zu sein. Er tut dann einfach so, als ob er mich nicht hören würde.

Hauptsächlich den Kindern zuliebe mache ich also heute gute Miene zum bösen Spiel, auch wenn ich meinen Augen kaum traue, als ich ins Wohnzimmer komme. Allein schon, wie der Tisch gedeckt ist! Ich entdecke allen Ernstes ein neues Service mit Schneeflockenmotiv, anscheinend extra für Weihnachten angeschafft. Aha, mein Geschirr ist Madame Tamara wohl auch nicht mehr gut genug. Ich wundere mich nur, dass Martin das erlaubt, schließlich ist es sein Geld, das Tamara mit vollen Händen zum Fenster hinauswirft.

Natürlich ist auch der Weihnachtsbaum komplett in einer anderen Farbe geschmückt. Brennende Kerzen? Fehlanzeige. Stattdessen hat sie eine von diesen neumodischen Lichterketten um den Baum gewickelt. Immerhin, den Kindern scheint es zu gefallen. Meine beiden Engelchen – wie groß sie schon geworden sind! Und was für zwei hübsche Jungs ... Während ich in Erinnerungen schwelge, bin ich einen Moment unaufmerksam, was Tamara schamlos ausnutzt. Denn als es nach der Bescherung zu Tisch geht, muss ich feststellen, dass sich das Miststück auf meinen angestammten Platz gesetzt hat. Stellen Sie sich das mal vor – auf dem Stuhl, auf dem ich seit siebenundvierzig Jahren sitze, thront jetzt meine Schwiegertochter und tut, als ob das das Normalste auf der ganzen Welt sei! Hilfesuchend habe ich Martin angesehen, aber auch er hat sich nicht getraut zu widersprechen und nur den Blick abgewendet. Der arme Junge steht ganz unter Tamaras Fuchtel ...

Um den Kindern nicht den Abend zu verderben, habe ich mir also jeden Kommentar verkniffen. Reden ist Silber, Schweigen ist ... na, Sie wissen schon. Schon vor geraumer Zeit habe ich mir angewöhnt, mit Tamara nur das Allernötigste zu sprechen. Und je länger ich sie kenne, desto mehr komme ich zu der Überzeugung, dass es nichts gibt, was sich mit ihr zu besprechen lohnt. Folglich rede ich seit

Jahren nicht mehr mit ihr, was aber niemandem aufzufallen scheint. Ich wüsste auch gar nicht, worüber – es lohnt sich schlichtweg nicht, an sie überhaupt ein Wort zu verschwenden. Umgekehrt ignoriert sie mich genauso, aber das ist mir egal. Ob es ihr nun passt oder nicht, ich bin und bleibe schließlich Martins Mutter und habe als solche eine besondere Bedeutung in seinem und zwangsläufig auch in ihrem Leben.

Bevor das Essen beginnt, kommt der Augenblick, der mich mit fast allem anderen wieder versöhnt. Es ist der Moment, in dem Martin sein Glas erhebt. „Diesen Moment möchte ich Cora widmen, der wir hier alles verdanken. Auf Cora, meine wunderbare Mutter!" Der gute Junge! Tränen der Rührung stehen mir in den Augen, als alle auf mein Wohl trinken, selbst Tamara. Ihr Blick schießt in meine Richtung, zwar sagt sie nichts, wagt aber auch nicht, ihr Glas unangetastet zu lassen. Zufrieden betrachte ich ihr verkniffenes Gesicht. Aus der Nummer kommt sie nicht heraus. Ich genieße den Moment, der viel zu schnell vorüber ist. Aber – die Kinder haben nunmal Hunger und das Weihnachtsmenü – oder besser das, was Tamara dafür hält – wird aufgetragen. Offensichtlich sind die Zeiten, in denen in diesem Haus an Heiligabend eine anständige Gans oder gar ein Karpfen serviert wurde, seit Tamaras feindlicher Übernahme endgültig vorbei. Meine Schwiegertochter ist stinkend faul und langweilt sich schnell, andauernd muss etwas Neues her, was in immer absurderen Eskapaden gipfelt. Stellen Sie sich vor, als Vorspeise hat sie uns allen Ernstes Sushi vorgesetzt! Und das obwohl sie ganz genau weiß, dass ich keinen rohen Fisch vertrage. Damit ist sie eindeutig einen Schritt zu weit gegangen. Meine Geduld ist überstrapaziert, ich beschließe, dass die liebe Tamara sich eine kleine Abreibung verdient hat. Sobald sich die nächste passende Gelegenheit ergibt, werde ich ihr zeigen, wer hier das Sagen hat. Ab und an ist es nämlich notwendig, ihr zu demonstrieren, was ich von ihrem mangelnden Respekt halte. Aber das sind Dinge, die ich mit ihr persönlich ausmache, wenn wir zwei unter uns sind.

Gott sei Dank ahnt sie nichts von meinen Gedanken und serviert in aller Seelenruhe die Hauptspeise. Für den Braten – eine Rehkeule – hat sie allen Ernstes Martin in der Küche verpflichtet. Fleisch sei Männersache, hat sie behauptet, und mein armer Junge, der niemandem etwas abschlagen kann, hat sich tatsächlich von ihr an den Ofen stellen lassen. Wenn ich so etwas mit Gustav auch nur versucht hätte, mein Mann hätte mir etwas erzählt. Während Tamara mit den vollen Schüsseln hantiert und vollmundig über Bratensoße schwafelt, sehe ich meine Gelegenheit unverhofft gekommen. Als alle mit ihren Tellern beschäftigt sind, beuge ich mich blitzschnell vor und stoße kräftig gegen Tamaras Rotweinglas. Das Glas kippt um, der Inhalt ergießt sich über ihren Schoß. Tamara schreit auf, springt zurück und reißt dabei einen Teller zu Boden, wunderbar. Zufrieden registriere ich die Flecken auf ihrem Kleid, Tischtuch und Teppich, lasse mir aber nichts anmerken. Natürlich hat mich niemand im Verdacht. Dass ich noch so schnell sein kann, traut mir keiner mehr zu. Auf den richtigen Moment kommt es eben an und den gilt es abzupassen. Aus den Augenwinkeln sehe ich, wie Tamaras Blick zu meinem Porträtbild über der Anrichte huscht, und lächle still in mich hinein. Das war ein Volltreffer!

Der restliche Abend verläuft ohne weitere Vorkommnisse. Tamara hat sich umgezogen – anstatt dieses engen Seidenteils trägt sie ihr braunes Wollkleid, das immer wie ein Kartoffelsack an ihr herunterhängt. So gefällt sie mir schon besser. Mit Genugtuung registriere ich die Falten links und rechts von ihren Mundwinkeln, mit denen sie so alt aussieht und die immer dann auftauchen, wenn sie sich so richtig aufregt. Ja, das ist heute nicht so gelaufen, wie Madame Tamara sich das vorgestellt hat, denke ich schadenfroh, halte mich aber vornehm zurück. Ich nicke, wenn es passt, lächle höflich in die Runde und beteilige mich ansonsten aber nicht weiter an den Gesprächen. Als mein Blick auf die Uhr fällt, ist es bereits kurz vor Mitternacht, Zeit, sich zurückzuziehen. Ich sage der Tischrunde gute Nacht und hauche Martin und den Kindern einen Kuss zu. Bevor ich das Zimmer verlasse, mustere ich Tamara noch mit einem Blick, unter dem sie erschauert. Meine Botschaft hat sie ganz genau verstanden. Pass bloß auf, denke ich. Ich habe Zeit und kann warten. Auf dich warten, meine liebe Tamara …

Tamara

Als die Waschmaschine endlich fertig ist und Tamara ihr Kleid zum Trocknen auf einen Bügel hängt, zeigt die Uhr kurz nach eins. Natürlich haben sich die Rotweinflecken nicht auswaschen lassen. Von wegen, als Hausmittel helfen Salz und Zitronensaft! In zartem Violett zeichnen sich die Spritzer nach wie vor deutlich erkennbar auf dem cremefarbenen Stoff ab. Das Kleid, das sie extra für den Weihnachtsabend gekauft hat, ist hinüber. Nicht einmal zwei Stunden hat sie es getragen, jetzt taugt es gerade noch für die Altkleidersammlung.

Wie kann es bloß sein, dass das Glas umgekippt ist? Ja, sie hatte die Schüssel mit der Soße in der Hand, aber Tamara ist sich sicher, damit nicht einmal in die Nähe ihres Rotweins gekommen zu sein. Wenn ich es nicht besser wüsste, würde ich vermuten, Cora steckt hinter all dem, denkt sie verärgert. Eigentlich kann das nicht sein, dazu ist Cora doch gar nicht mehr in der Lage, aber andererseits …? In der Hölle sollte die Alte schmoren! Hört das denn nie auf? Wahrscheinlich nicht, beantwortet sie sich ihre Frage, zumindest nicht, solange sie mit Martin hier in diesem Haus wohnt. Martin ist ein lieber, ein guter Mann, aber die Art, wie er seine Mutter vergöttert, ist einfach nicht normal. Cora hier und Cora da, nein, gegen ihre Schwiegermutter kommt sie nicht an, das hatte Tamara gleich beim Antrittsbesuch gemerkt.

Ein vorzeigbarer Singlemann Anfang dreißig, der seine Mutter beim Vornamen nennt, hätte sie eigentlich damals schon misstrauisch stimmen sollen, aber blind verliebt war sie in die Falle getappt. Als Martin ihr eines Tages eröffnete, Cora hätte den Wunsch geäußert, sie kennenlernen zu wollen, hatte Tamara sich geschmeichelt gefühlt. War das nicht ein eindeutiges Zeichen, dass Martin es ernst mit ihr meinte? Wieder und wieder hatte Tamara sich ausgemalt, wie sie bei der alten Dame einen guten Eindruck hinterlassen wollte. Sie würden Anekdoten aus Martins Leben austauschen, vielleicht sogar Familienalben betrachten und am Ende des Tages würde Cora gar nicht anders können, als das neue Familienmitglied in die Arme zu schließen.

Die Wirklichkeit sah anders aus. In einem riesigen Wohnzimmer voller auf Hochglanz polierter Antiquitäten hatte Cora sie nicht willkommen geheißen, sondern empfangen. Eiskalte Augen musterten Tamara von oben bis unten, während Martin sich hinunter beugte, um seine Mutter auf die Wange zu küssen. So kerzengerade, wie Cora in ihrem Lehnstuhl am Fenster thronte, hätte sie gut und gerne eine Feldherrin bei der Inspektion ihrer Truppen abgeben können. Ihr Blick war dermaßen bohrend, dass Tamara unwillkürlich das Bedürfnis verspürte, einen Knicks zu machen. Nervös zupfte sie an ihrem Rock herum und wusste nicht weiter. Erwartete Cora von ihr auch einen Wangenkuss oder sollte sie zur Begrüßung besser die Hand geben? Nach kurzem Zögern entschied sie sich für Letzteres, ihre ausgestreckte Rechte wurde allerdings von Martins Mutter geflissentlich ignoriert. Tamara lief rosarot an. Wie peinlich! Mit einer Art Winken versuchte sie die Situation zu retten, was Cora mit einer hochgezogenen Augenbraue registrierte. „Dann will ich mir die junge Dame mal anschauen, die du mir da mitgebracht hast", sagte sie zu Martin und wies auf einen gepolsterten Hocker zu ihrer Linken. Tamara kam sich vor wie ein Pferd, das begutachtet wurde und nahm eingeschüchtert Platz, was sich als Fehler erwies. Beim Hinsetzen sank sie dermaßen tief in das durchgesessene Polstermöbel ein, dass sie zu Martin und seiner Mutter zwangsläufig aufschauen musste. Die Knie fast auf Schulterhöhe, hockte sie zwischen Martin und seiner

Mutter und wusste nicht, wie sie sich aus ihrer unvorteilhaften Lage wieder befreien sollte.

Das Schlimmste an der ganzen Situation war aber, dass Cora sie mit einem Gesichtsausdruck betrachtete, bei dem Tamara sich abgrundtief schämte. Sie schämte sich wegen ihrer Unsicherheit, sie schämte sich, weil sie nicht wusste, wie sie sich verhalten sollte, und am meisten schämte sie sich wegen ihrer naiven Tagträumereien im Vorfeld. Cora würde keine andere Frau neben Martin dulden, das wurde ihr spätestens nach einem Blick auf den Kaffeetisch klar. Auf einer Servierplatte warteten ein Stück Himbeerkuchen und ein Schokoladeneclair, wohlgemerkt zwei Stück Kuchen für drei Personen. Und während Cora liebenswürdig mit Martin plauderte, ließ sie Tamara nicht aus den Augen. Tamara fühlte sich wie ein Cowboy bei einem Duell in einem Western. Wer schießt zuerst, fragte sie sich und beschloss irgendwann, auf Angriff zu gehen. Besser von Anfang an die Fronten klarstellen. Mit süßem Lächeln legte Tamara daher erst Martin, dann sich ein Stück Kuchen auf den Teller und lobte dabei Coras schlanke Figur. „Ich selbst habe ja nicht so viel Disziplin", beteuerte sie und spießte eine Himbeere auf. Mit gespitzten Lippen saugte sie die Frucht langsam und genüsslich von der Gabel. „Ich bin mehr der sinnliche Typ, nicht wahr, Martin?", sagte sie und beobachtete dabei zufrieden, wie Cora kalkweiß wurde. Hab ich dich, dachte Tamara, auch wenn ihr klar war, dass dieser Sieg nur von kurzer Dauer sein konnte. Cora war keine Frau, die aufgab, Tamara allerdings auch nicht.

Tatsächlich war das der Auftakt einer leidenschaftlichen Hassbeziehung. Wo auch immer sie eine Gelegenheit fand, ließ Cora Tamara spüren, dass sie im Kampf um den Vorrang in Martins Leben nicht weichen würde. Das besserte sich weder nach der Hochzeit noch nach der Geburt der beiden Kinder. Richtig eskalierte die Sache allerdings, als sie vor drei Jahren in Coras Haus zogen. Tamara war von Anfang an dagegen gewesen, aber Martin hatte darauf bestanden, seiner Mutter im Alter beizustehen. Zugegeben, Cora wurde zunehmend gebrechlicher und vergesslicher. Und nachdem sie einmal den Herd angelassen und damit fast das Haus abgefackelt hatte, sah auch Tamara ein, dass man sie trotz Unterstützung eines Pflegediensts nicht länger alleine lassen konnte. Anfangs tröstete sie sich mit der Hoffnung, die fortschreitende Demenz würde Cora milder stimmen, aber exakt das Gegenteil war der Fall. Cora brachte zwar immer mehr durcheinander, merkte aber instinktiv, wenn Tamara mit ihr alleine war, um diese dann ihre geballte Boshaftigkeit spüren zu lassen. In solchen Situationen fragte sich Tamara immer wieder mit zusammengebissenen Zähnen, wie lange sie das noch aushalten musste. Nur um dann doch wieder Martin und den Kindern zuliebe einfach weiterzumachen.

Dann kam dieses eine Wochenende, an dem Martin mit den Kindern zum Zelten fuhr. Das Wetter war sonnig und warm, daher hatte sich Tamara für den Samstagnachmittag Gartenarbeit vorgenommen. Bevor sie nach draußen ging, warf sie sicherheitshalber noch mal einen Blick in Coras Zimmer und fand ihre Schwiegermutter schlafend in ihrem Pflegebett vor. Als Tamara am Spätnachmittag zurückkehrte, um nach Cora zu sehen, lag diese scheinbar unverändert im Bett. Die Augen waren geschlossen, aber um die Mundwinkel spielte ein süffisantes Lächeln, das Tamara misstrauisch stimmte. Was hatte die Alte diesmal ausgeheckt? Alarmiert ging sie auf Suche und wurde schließlich in ihrem Ankleidezimmer fündig. Der Anblick, der sie dort erwartete, treibt ihr noch heute die Tränen in die Augen. Cora hatte ganze Arbeit geleistet und sich mit stilsicherem Gespür auf die exquisitesten Stücke konzentriert. Und der Geruch …! Beim Anblick dessen, was Cora für sie in ihrer Louis-Vuitton-Tasche hinterlassen hatte, brannten Tamara die Sicherungen durch.

Wie ferngesteuert ging sie langsam in Coras Zimmer zurück. Betrachtete ihre Schwiegermutter in ihrem Bett und nahm eines der Kissen vom Stuhl. Und wunderte sich, dass ihre Hände dabei so gar nicht zitterten. Nie vergessen würde sie den Gesichtsausdruck ihrer Schwiegermutter, nachdem sie das Kissen wieder von Coras Gesicht genommen hatte. Ein Ausdruck von List hatte sich in ihre Züge gebrannt, die halb geöffneten Augen schienen sie voller Bosheit anzufunkeln. Schaudernd hatte Tamara das Kissen zur Seite gelegt. Das hier war schlimm, ja, aber keine Sekunde länger hätte sie es mit dieser Frau unter einem Dach ausgehalten.

Das alles liegt jetzt ein gutes halbes Jahr zurück. Niemand scheint etwas Seltsames an Coras Ableben bemerkt zu haben, im Gegenteil, alles war glatt gelaufen. Der Notarzt hatte den Totenschein schon ausgestellt, als Martin mit den Kindern in der Tür stand, um sie tröstend in die Arme zu schließen. Es könnte perfekt sein, aber das ist es nicht. Im Gegenteil, Tamara fühlt sich beunruhigt. Irgendetwas, das weiß sie, stimmt hier nicht. Cora ist zwar nicht mehr da, aber ganz tief in ihrem Bewusstsein hat Tamara trotzdem das Gefühl, von der Alten beobachtet zu werden. Und dieses Gefühl, im eigenen Haus nicht alleine zu sein, wird von Woche zu Woche stärker. Sie denkt an all die „Missgeschicke", die seltsamerweise immer nur ihr passieren. Diesmal hat es sie nur ein Kleid gekostet, dafür kann sie regelrecht dankbar sein, die Geschichte mit dem Messer vor zwei Wochen hätte weit schlimmer enden können.

Tamara seufzt und wendet sich zum Gehen. Martin und die Kinder schlafen bereits, nach dem langen Tag will auch sie nur noch ins Bett. Sie betrachtet die kleine Lache, die sich unter dem Kleid auf dem Fußboden gebildet hat. Nein, um das jetzt aufzuwischen, ist sie einfach zu müde. Kurz wringt sie das Kleid über dem Waschbecken aus und hängt es zurück an den Wäscheständer. Soll es eben weitertropfen, das bisschen Wasser wird dem Fliesenboden schon nichts ausmachen. Morgen ist schließlich auch noch ein Tag. Ihre Hand nähert sich dem Lichtschalter, von dem sich ein Stück der Isolierung gelöst hat. Ein Kabel ragt seitlich hervor. Ein Kabel, das vorher noch nicht da gewesen ist …

MORGEN, KINDER, WIRD'S WAS GEBEN...

„Morgen, Kinder, wird's was geben …", schmetterte es aus dem Lautsprecher. Tobias hatte dieses Lied noch nie leiden können, klang es doch in seinen Ohren weniger nach freudiger Überraschung, sondern eher nach versteckter Drohung. Wenn das so weitergeht, wird es morgen bei uns tatsächlich was geben, dachte er düster. Eine enttäuschte Ehefrau, genervte Kinder und – als ob das alles nicht schon schlimm genug wäre – Schwiegereltern, die sich in ihrem Vorurteil bestätigt fühlten, ihre Tochter habe einen Versager geheiratet.

Und all das nur wegen des weihnachtlichen Konsumrauschs, der an diesem Vormittag des 24. Dezembers seinen jährlichen Höhepunkt gefunden zu haben schien. Dem sich unaufhaltsam nahenden Fest der Besinnlichkeit konnte man ebenso wenig entgehen wie den Massen, die sich zusammen mit Tobias durch das überfüllte Kaufhaus schoben. Überrascht hatte er feststellen müssen, dass er bei Weitem nicht der Einzige war, der auf den letzten Drücker seine Weihnachtseinkäufe erledigte, auch wenn Anette das immer behauptete. Was machten die bloß alle hier? Wo waren die Zeiten hin, in denen Familien an Heiligabend noch gemeinsam den Baum geschmückt oder in Ruhe die Bescherung vorbereitet hatten?

Bei ihm selbst sah es zugegebenermaßen nicht viel anders aus. Zu Tobias Ankündigung, noch mal kurz in die Stadt fahren zu müssen, hatte Anette hatte nur vielsagend die Augenbrauen gehoben. „Sag bloß, du hast noch keine Geschenke gekauft?", hatte sie gefragt und ihn dabei mit diesem Blick durchbohrt, bei dem Tobias sich stets wie ein ertappter kleiner Junge vorkam. Natürlich hatte er alles von sich gewiesen und eilig versichert, zur Feier des Tages noch einen schönen Champagner besorgen zu wollen. Tatsächlich hatte sie ihn wieder mal durchschaut. Noch kein einziges Geschenk hatte Tobias besorgt, dafür aber eine lange Liste mit Namen geschrieben, die es abzuarbeiten galt.

Anfangs hatte er sich noch optimistisch ins Getümmel gestürzt. Wäre doch gelacht, wenn sich in der Kosmetikabteilung nicht irgendetwas Hübsches finden ließe. Inzwischen war es 11:46 Uhr und sein Einkaufskörbchen immer noch leer. Verunsichert betrachtete er die edel aussehenden Schachteln in den Regalen. Auf keinem einzigen stand *Gesichtscreme* oder ein Begriff, mit dem er etwas hätte anfangen können. Stattdessen geheimnisvolle Bezeichnungen wie *Dramatic Ultra Passion* oder *Special Moisturing Boost*, deren Bedeutung sich noch nicht einmal mithilfe des Google-Übersetzers erschlossen. Unschlüssig nahm Tobias eine quadratische Packung in die Hand. *Hydro Wonder* stand in erhabenen Großbuchstaben auf dem cremefarbenen Karton. Das klang erst mal nicht schlecht, was aber, wenn es sich dabei um eine Antifaltencreme handelte? Der Schuss könnte nach hinten losgehen. Entnervt stellte Tobias die Packung wieder zurück. *Hydro Wonder* war vielleicht nicht das Richtige, aber ein Wunder könnte er jetzt gut gebrauchen, zumal ihm die Zeit davonlief. Zum Teufel mit Weihnachten – bereits 11:51 Uhr! Wie lange hatte dieses Kaufhaus wohl heute geöffnet – bis 13 oder 14 Uhr? Auf alle Fälle würde er sich beeilen müssen. Vielleicht doch über Gutscheine nachdenken?! Anettes vorwurfsvollen Gesichtsausdruck konnte er sich jetzt schon vorstellen …

„Darf ich Ihnen behilflich sein?", unterbrach eine angenehme Stimme seine Überlegungen. Tobias fuhr herum und stutzte einen Moment. Vor ihm stand – ein Verkäufer! Mitten in diesem Gewühle hatte er tatsächlich einen Verkäufer ergattert!

„Sehr gerne!", stieß er erleichtert aus und konnte sein Glück kaum fassen. „Ich brauche unbedingt eine Gesichtscreme für meine Frau.

Was drin ist, ist egal, Hauptsache, die Packung macht was her. Und dann noch so was Ähnliches, aber für ältere Frauen und billiger."

Der Verkäufer nickte verständnisvoll. „Mutter oder Schwiegermutter?"

„Beides!" Tobias hätte dem Mann um den Hals fallen können. Endlich Personal, das mitdachte! „Haben Sie da was Schönes?"

„Gewiss." Der Mann lächelte verbindlich. „Da sind Sie hier genau richtig. Allerdings …"

„Ja?"

„Sind Sie sicher, dass Sie Ihrer Frau zu Weihnachten mit einer Gesichtscreme eine Freude machen?"

„Sie hat zumindest nicht gesagt, dass sie sich keine Gesichtscreme wünscht", rechtfertigte sich Tobias. Ungeduldig stieß er die Luft aus. Hier ging es um jede Minute und dieser Kerl fing allen Ernstes an, mit ihm zu diskutieren! Um diese Uhrzeit einen kompetenten Verkäufer zu finden, wäre auch zu schön gewesen, um wahr zu sein. Kein Wunder, dass ausgerechnet der hier nicht von Kunden belagert war, sondern ihm stattdessen mit unnützen Anmerkungen wertvolle Zeit stahl. Im Tonfall, in dem man zu einem begriffsstutzigen Kleinkind sprach, erläuterte Tobias, dass er keine Ahnung habe, was sich seine Frau wünsche und dass es ihm so kurz vor der Bescherung auch ehrlich gesagt egal sei. „Geben Sie mir irgendeine von diesen Packungen, nur keine Antifaltencreme."

Der Verkäufer schenkte ihm ein beruhigendes Lächeln. „Verstehen Sie mich bitte nicht falsch. Ich hatte nur eine Ahnung, dass möglicherweise unser Einkaufsservice für Sie von Interesse sein könnte." Er reichte Tobias einen Flyer.

Last Minute Shopping Service, las Tobias. Nie gehört. Was sollte das sein? „Sie suchen irgendwelche Geschenke?", mutmaßte er.

„Wir suchen nicht irgendwelche Geschenke, sondern finden das perfekte Geschenk."

Das perfekte Geschenk suche ich auch schon seit Jahren, dachte

Tobias unfroh. Immer das gleiche Fiasko ... „Wie funktioniert das?", erkundigte er sich gegen seinen Willen interessiert.

„Durch KI. Unsere künstliche Intelligenz analysiert die Kommunikationsprofile Ihres Smartphones und definiert so das perfekte Geschenk für die entsprechende Zielperson. Wir sind weltweit vernetzt und daher in der Lage, innerhalb von Sekunden jeden erdenklichen Wunsch zu identifizieren und innerhalb kürzester Zeit umzusetzen."

Das klang einleuchtend. Tobias rieb sich das Kinn. „Und was kostet das so?", fragte er betont beiläufig.

„Wir positionieren gerade unser Unternehmen in einem neuen Markt und befinden uns in der Pilotphase. Unsere Teilnehmer bitten wir daher lediglich, einen Fragebogen auszufüllen."

„Wie – einfach nur einen Fragebogen ausfüllen?" Das konnte nicht alles sein. Irgendwo gab es bei solchen Geschäften immer einen Pferdefuß ...

„Es ist ein relativ umfangreicher Fragebogen, in dem Sie uns am Ende eine – sagen wir – Art Empfehlung aussprechen."

„Eine Empfehlung?"

„Sie vermitteln uns eine Person, mit der wir in Kontakt treten dürfen."

Aha. So ganz verstand Tobias das Geschäftsmodell immer noch nicht. Konnte man davon leben? Wahrscheinlich irgend so eine Start-up-Klitsche. „Und was haben Sie davon?", wollte er wissen.

„Wir gewinnen wertvolle Kundendaten aus einem expandierenden Markt."

Kundendaten, das war das Zauberwort. Erst gestern wieder hatte Tobias einen Artikel gelesen, der betonte, wie wertvoll eine genaue Kenntnis ihrer Zielgruppe für Unternehmen sei. Er warf einen Blick auf die Uhr – 12:21 Uhr, viel Zeit blieb nicht mehr.

„Wenn ich mich jetzt entscheiden würde ... Schaffen Sie das heute überhaupt noch?"

„Selbstverständlich. Wir sind Profis in diesem Marktsegment."

Okay – das hier war anscheinend seine letzte Chance. Inzwischen war es eh zu spät, noch für alle halbwegs anständige Geschenke zu besorgen. Das mit den Kundendaten stimmte Tobias zwar nervös, aber eine wirkliche Alternative hatte er zu dieser Uhrzeit nicht mehr. Blieb nur zu hoffen, dass *Last Minute Shopping Service* tatsächlich hielten, was sie versprachen. Er seufzte. „Wo kann ich unterschreiben?"

Am nächsten Morgen saß Tobias in seinem Arbeitszimmer und genoss den ersten Kaffee. Als Early Bird liebte er die frühen Stunden des Tages, wenn alle anderen noch schliefen. Er nippte an seinem Becher und betrachtete das Bild, das Anette ihm gestern Abend als Weihnachtsgeschenk überreicht hatte. Ein original Lichtenhammer aus seiner frühen Periode, Münchner Schule. Wo er es wohl aufhängen sollte? Links neben der Tür über dem Sideboard wäre ein schöner Platz ... Seit er als Student zum ersten Mal eine seiner Ausstellung besucht hatte, war Tobias ein großer Bewunderer von Lichtenhammers Werken. Er hatte sich ein Loch ins Knie gefreut, als er gestern den flachen Karton geöffnet und diese wunderbare Druckgrafik darin entdeckt hatte. Da hatte sich Anette mächtig ins Zeug gelegt!

Er grinste, als er den Weihnachtsabend Revue passieren ließ. Ein wenig mulmig war ihm durchaus zumute gewesen, als der Verkäufer die Daten seines Handys exportiert hatte. Merkwürdig „gläsern" war Tobias sich auf dem Weg zum Parkhaus vorgekommen. Ob er gerade einem Betrüger aufgesessen war? Die Sorge war unbegründet, tatsächlich hatte an seinem Auto bereits eine Mitarbeiterin des Kaufhauses mit mehreren vielversprechend aussehenden Einkaufstüten auf ihn gewartet.

Die Bescherung am Abend konnte er als vollen Erfolg verbuchen. Die Päckchen, die Tobias unter den Weihnachtsbaum gelegt hatte, waren nicht nur ausgesprochen hübsch verpackt, nein, auch der Inhalt konnte sich sehen lassen. Gar nicht mehr eingekriegt vor Begeisterung hatte Anette sich angesichts der Handtasche, die sie gleich als Erstes ausgepackt hatte. Tobias fand sie relativ unspektakulär, aber seine Frau war ihm immer wieder um den Hals gefallen. Seinen Söhnen hatte *Last Minute Shopping Service* die aktuellsten Handys beschert, die Schwiegereltern bedankten sich für Opernkarten und seine Mutter freute sich sehr über ein Seidentuch. Genau das, das sie schon so lange in einem Schaufenster bewundert hatte, betonte sie mehrfach.

Tobias lehnte sich entspannt zurück. Was ein Glück, dass ihn gestern dieser Typ angesprochen hatte! Ein Shopping-Service, einfach genial. Dass er darauf nicht vorher gekommen war! Zukünftig würde er immer Geschenke kaufen lassen. Im Prinzip war ja nichts dabei, unliebsame Dienstleistungen zu delegieren. Das Haus putzte Anette schließlich auch nicht alleine, das erledigte seit geraumer Zeit eine Haushaltshilfe. Trotzdem war er sich nicht sicher, ob er seiner Frau davon erzählen sollte. Was Weihnachtsgeschenke anging, waren Frauen irgendwie unentspannt…

Bing! Der Signalton, der den Eingang einer E-Mail begleitete, unterbrach Tobias in seinen Gedanken. Er griff nach seinem Handy und öffnete das Mailprogramm. Tatsächlich wartete im Unbekannt-Ordner eine E-Mail von *Last Minute Shopping Service*. Wenn man vom Teufel spricht, dachte er und klickte den Anhang an. Mal schauen, was der Spaß kostete … *Wie zufrieden waren Sie mit unserem Service?*, lautete die Überschrift eines Fragebogens, in dem Tobias Art und Umfang der Geschenke, Orginialität, Pünktlichkeit der Lieferung, Verpackung etc. bewerten sollte. Volle fünf Sterne kreuzte er überall an. *Last Minute Shopping Service* hatte ihm buchstäblich den Weihnachtsabend gerettet! Tobias klickte und wurde zur nächsten Seite weitergeleitet. Der Bildschirm füllte sich mit Buchstaben, aha, das Kleingedruckte. Keine Lust zum Lesen, dachte er und überflog den Text. Nirgendwo waren Zahlen zu sehen, das Wort „Rechnung" tauchte ebenso wenig auf. Er scrollte weiter bis zu einem Feld, bei dem er aufgefordert wurde, einen Namen einzutragen. Aha, das war also diese ominöse Empfehlung, von der der Verkäufer gesprochen hatte. War das so eine Art Schneeballsystem? Tobias dachte nach. Wen sollte er nehmen? Wenn er hier nicht aufpasste, hätte sich die Sache ruckzuck bis zu Anette herumgesprochen. Vielleicht einen Namen erfinden? Tobias begann zu googeln und trug, inspiriert vom Mädchennamen seiner Frau, schließlich *Fabio Lautendorffer* in das Feld ein. Sollte es zu Nachfragen kommen, konnte er es immer noch auf ein Versehen der Autokorrektur schieben. Noch zweimal bestätigte er die allgemeinen Geschäftsbedingungen, bis sich schlussendlich ein Pop-up-Menü öffnete, in dem er die Korrektheit seiner Angaben sowie seine rechtskräftige Erfüllung des Vertrags bestätigen sollte. Aber gerne, dachte Tobias und drückte energisch die Enter-Taste. Von seiner Seite aus betrachtete er die Angelegenheit als erledigt.

„Zufrieden?", fragte eine wohlbekannte Stimme.

Erschrocken fuhr Tobias auf. Auf der niedrigen Couch vor dem Bücherregal saß, die Beine lässig übereinander geschlagen, der Typ aus dem Kaufhaus. „Wie sind Sie denn hergekommen?"

Der Mann lächelte zwar, aber etwas darin ließ Tobias frösteln. „Mit meinem Sicherheits-Service. Sie warten vor dem Haus."

Tobias sprang auf und schaute aus dem Fenster. Tatsächlich – in der Einfahrt parkte eine dunkle Limousine vom Typ Mafiakarosse. Daran gelehnt zwei bullig aussehende Männer mit Sonnenbrillen, die in Richtung seines Fensters schauten. Ertappt wich er zurück, ihm schauderte. War er in die Fänge eines Inkassounternehmens geraten? Über deren windige Geschäftspraktiken hatte er erst neulich einen Bericht gesehen …

„Ich meine, wie sind Sie hier hereingekommen?", erkundigte er sich, um überhaupt etwas zu sagen.

„Was glauben Sie denn? Durch die Tür natürlich!" In der Antwort des Fremden schwang ein herablassender Unterton mit.

„Äh, ja … natürlich …“, stammelte Tobias. Er kam sich lächerlich vor in seinem Schlafanzug.

„Herr Scheffler“, unterbrach ihn der Fremde, „ich habe Ihre Antwort auf unsere E-Mail gelesen.“

„Die Geschenke, die waren ganz toll!“, unterbrach ihn Tobias nervös. Was rede ich hier für einen Schwachsinn, dachte er.

„Das freut uns außerordentlich, dass Sie mit unserem Service so zufrieden sind. Dennoch, und deswegen bin ich ihr, habe ich den Eindruck, dass es bei Ihnen noch – wie soll ich es bloß formulieren? – Unklarheiten bezüglich der Erfüllung Ihrer Verpflichtung gibt.“

Tobias brach der Schweiß aus. „Ich weiß nicht, was Sie meinen“, rechtfertigte er sich.

„Herr Scheffler …“, milde lächelnd wiegte der Mann den Kopf, „oder darf ich Tobias sagen?“

Tobias nickte stumm.

„Tobias, täuscht mich mein Eindruck? Gibt es Unklarheiten?“

Diesmal schüttelte Tobias stumm den Kopf.

„Wer ist Fabio Lautendorffer?“

„Fabio Lautendorffer?“ Tobias tat, als müsse er nachdenken. Mist. Mist, Mist, Mist! Dass sein kleiner Schwindel so schnell aufgeflogen war, damit hatte er nicht gerechnet. „Ich kenne keinen Fabio Lautendorffer“, behauptete er so überzeugend, wie es ihm möglich war.

„Das ist seltsam, Tobias.“ Wieder dieses eiskalte Lächeln. „Unsere Personensuche erkennt nämlich keinen Fabio Lautendorffer. Und das ist seltsam, weil Sie den Namen als Referenz angegeben haben. Wie kann das sein?“

Erneut brach Tobias der Schweiß aus. „Ich …“, fing er an, unschlüssig, wie es jetzt weitergehen sollte. „Keine Ahnung, ich weiß es wirklich nicht, vielleicht ein Fehler in der Autokorrektur?“, schwindelte er wenig überzeugend.

Der Mann brachte ihn mit einer Handbewegung zum Schweigen. „Tobias, lassen wir das. Uns bindet ein rechtskräftiger Vertrag. Wir haben unseren Part erfüllt, jetzt sind Sie an der Reihe."

„Okay, okay, ich bezahle ja. Nennen Sie mir Ihre Summe!"

„An Geld sind wir nicht interessiert."

„Nicht? Was wollen Sie dann?"

„Tobias, Tobias, Tobias …" In der Stimme des Mannes war ein milder Vorwurf zu hören. „Gehören Sie etwa auch zu denjenigen, die Verträge unterzeichnen, ohne sie vorher genau gelesen zu haben?"

Tobias dachte an das Kleingedruckte, das er tatsächlich nur überflogen hatte. Das hier entwickelte sich langsam zu einem Albtraum …

„Dann sollten Sie es jetzt nachholen. Punkt 5, Absatz 2,3 und 4."

Gehorsam klickte Tobias die Datei mit den Vertragsunterlagen an und scrollte ungeduldig zu der entsprechenden Passage. Unter Absatz 2 war zu lesen … Moment mal. Er stutzte. Das konnte nicht sein, oder? Ungläubig las er die Passage ein zweites und ein drittes Mal.

„Soll das ein Scherz sein? Falls ja, ist das einfach nur geschmacklos." Tobias verspürte einen bitteren Geschmack im Mund. Der Fremde wollte ihn doch hoffentlich nur auf den Arm nehmen?

„Sehe ich aus, als ob ich scherze?"

Nein, wahrhaftig nicht. Im Gegenteil, der Typ hatte etwas Unheimliches an sich, etwas Glattes, bei dem es einem mulmig wurde. Gut und gerne wäre er als Pate in einem Mafiafilm durchgegangen …

„Hören Sie, Sie wollen doch nicht wirklich eine Seele von mir?", fragte Tobias vorsichtig. Schon allein der Gedanke daran war einfach nur absurd.

„Aber selbstverständlich!"

„Aber wir sind hier doch nicht im Märchen!", versuchte Tobias die Situation ins Scherzhafte zu ziehen. Dunkel erinnerte er sich an eine Geschichte, die er früher öfter den Kindern vorgelesen hatte. Hatte darin nicht ein dummer Vater als Gegenleistung für Reisemitbringsel dem Teufel eine Seele versprochen?

„Halten Sie das hier für ein Märchen?" Der Mann musterte ihn aus dunklen Augen.

Das durfte doch alles nicht wahr sein! Waren das die Nachwirkungen von gestern? Gut, der letzte Gin Tonic hätte nicht sein müssen. Anette war eh der Meinung, dass er zu viel trank, aber dass ein Glas zu viel solche Halluzinationen hervorrief, war ihm noch nie passiert.

„Fakt ist, dass Sie einen rechtskräftigen Pakt mit uns eingegangen sind", fuhr der Mann fort.

Fieberhaft überlegte Tobias, was er antworten sollte. Zweifelsohne hatte er es mit einem Verrückten zu tun. Der Spinner schien diese Geschichte für bare Münze zu nehmen. Sollte er zum Schein auf seinen Wahn eingehen? War es nicht immer das, was empfohlen wurde?

„Sie glauben also, dass Sie der Teufel sind?" Schon allein die Frage klang albern.

„Teufel, Satan, Mephisto – was auch immer Sie möchten. Ich bevorzuge Luzifer."

Luzifer! Zwar lag in den Zügen seines Besuchers tatsächlich etwas Diabolisches, aber er konnte sich doch nicht allen Ernstes für den Teufel halten, oder? Tobias musste diesen Irren loswerden, und zwar schleunigst, bevor im Haus irgendjemand wach wurde. Noch lagen alle in den Betten. Nicht auszudenken, wenn Anette oder seine Schwiegereltern ihn hier sehen würden!

„Nehmen wir mal an, es gäbe Sie wirklich", begann er, um Zeit zu gewinnen. „Wie stellen Sie sich das konkret vor? Ich kann Ihnen doch keine Seele liefern, wie soll das funktionieren? Da müsste ich ja …", angewidert brach er ab. Erwartete man etwa von ihm, dass er selbst Hand anlegte? Allein bei der Vorstellung, zum Mörder zu werden, lief es Tobias kalt den Rücken hinunter.

Der Teufel zupfte eine unsichtbare Fluse von seinem Ärmel. „Lassen Sie das mal unsere Sorge sein. Wir verfügen über jahrhundertelange Erfahrung in diesem Business. Sie nennen uns einfach einen Namen, den Rest erledigt unser Unternehmen."

Na immerhin. Tobias verspürte eine gewisse Erleichterung, gleichzeitig war ihm bewusst, wie absurd seine Gedanken waren.

„Sie wollen also tatsächlich nur einen Namen von mir? Ich meine, geht das denn so einfach? Muss die Person bei uns nicht über die Türschwelle treten oder so ähnlich?" Er musste an den dummen Vater aus dem Märchen denken. Hatte der nicht dem Teufel die Seele des ersten Lebewesens versprochen, das über die Türschwelle schreiten würde? Und hatte er sich nicht aus der Affäre gezogen, indem er irgendein Tier vor die Tür gesetzt hatte? Ein Tier, das wäre die Lösung! Aber woher an Weihnachten ein lebendiges Tier nehmen? Sehr zum Leidwesen seiner Familie litt Tobias unter einer Tierhaarallergie, sie hatten noch nicht einmal einen Hamster.

Der Teufel winkte ab. „Vergessen Sie das mit der Türschwelle. Früher war das Bestandteil des Vertrags, inzwischen ist das nicht mehr darstellbar. Türschwellen gibt es heutzutage kaum noch, das sind die reinsten Stolperfallen und außerdem nicht barrierefrei. Es reicht, wenn Sie einen Namen in das Formular eintragen."

„Nicht barrierefrei?" Tobias war verblüfft. „Warum ist das denn wichtig?"

„Erschließt uns Zugang zu einem größeren Klientenkreis. Denken Sie beispielsweise an all die Rollstuhlfahrer." Der Teufel musterte Tobias streng. „Und bevor Sie auf dumme Gedanken kommen – das Heranziehen von Tieren zur Erfüllung des Vertrags ist in Punkt 5, Absatz 8 als nicht zulässig ausgeschlossen. Vor Ihnen haben schon ganz andere versucht, sich damit aus der Affäre zu ziehen. Ich empfehle Ihnen in Ihrem eigenen Interesse, es erst gar nicht zu versuchen."

Der Kerl hielt aber auch hartnäckig an seiner Schnapsidee fest, dachte Tobias. Ob er zum Schein auf diese absurde Forderung eingehen sollte? Vielleicht gab er ja dann Ruhe und verschwand?

„Was für einen Namen wollen Sie denn von mir? Irgendeinen? Habe ich freie Wahl, kann ich mir jemanden aussuchen?"

„Natürlich haben Sie freie Wahl. Es ist schließlich Ihr Vertrag, Tobias." Gelangweilt inspizierte der Teufel seine perfekt manikürten

Fingernägel. „In Ihrem Leben wird es doch irgendjemanden geben, mit dem Sie noch eine Rechnung offen haben. Vielleicht Ihr Nachbar, der Hundefreund?"

Tobias zuckte zusammen, dieser Luzifer war wirklich bestens informiert. Hatte er das gestern alles aus seinem Handy ausgelesen? Woher konnte er sonst von Neumüller wissen, der seinen Hund grundsätzlich vor Tobias' Einfahrt kacken ließ? Und dann frech behauptete, sein Bruno könne das gar nicht gewesen sein. Obwohl sich Tobias ganz sicher war, hatte er ihm noch nie etwas nachweisen können. So betrachtet, war der Gedanke eigentlich gar nicht so schlecht. Im Gegenteil, bot er nicht sogar ungeahnte Möglichkeiten? Es gab da einige, die Tobias gehörig auf die Nerven gingen, vorneweg sein Schwiegervater Anselm mit seiner besserwisserischen Art. Andererseits hätten sie dann auf Dauer Anettes Mutter an der Backe … Besser jemanden wählen, mit dem er nicht verwandt war. Wie wäre es mit Sven, seinem Arbeitskollegen? Der hatte neulich erst wieder ein gemeinsames Projekt unter seinem eigenen Namen vermarktet und das, obwohl der Löwenanteil der Arbeit von Tobias stammte.

„Ist es …", Tobias überlegte, wie er es am besten ausdrücken sollte, „schmerzhaft?"

Der Teufel hob eine Augenbraue. „Legen Sie Wert darauf?"

„Nein, also … ähm …", stammelte Tobias. „Ich meine, nicht so direkt. Ich, ähm, wollte mich nur erkundigen."

„Wenn es unbedingt sein muss, können wir auch das arrangieren. Allerdings geht der Einsatz von Dämonen der dritten und vierten Ordnung mit gewissen Sicherheitsvorkehrungen einher. Das ist aufwendig, dementsprechend mit Kosten verbunden, und nur für eine Seele lohnt sich das nicht, wenn Sie verstehen, was ich meine."

Dämonen der dritten und vierten Ordnung – das hörte sich unangenehm an. Tobias schluckte. „Und wie muss ich mir das dann vorstellen?"

„Blitz und Donner, Pech und Schwefel …" Der Teufel lachte, als er Tobias' entsetztes Gesicht sah. „Natürlich nicht. Was haben Sie sich denn vorgestellt? Dass sich ein Loch im Boden auftut, während die Kreaturen der Hölle nach der armen Seele greifen?"

Ja, so in etwa hatte sich Tobias das vorgestellt. Er nickte vorsichtig.

Immer noch lachend schüttelte der Teufel den Kopf. „Viel zu aufwendig. Die Person wird von meinen Mitarbeitern zu unserer Limousine eskortiert, die sie auf direktem Weg zu unserem Firmensitz bringt."

„Sie meinen die beiden da draußen? Sind das auch Dämonen?" Tobias dachte an die beiden Männer mit den Sonnenbrillen.

„Reguläres Bodenpersonal. Durch die Pandemie sind gute Leute im Sicherheitsdienst derzeit günstig zu bekommen."

Tobias klappte der Unterkiefer herunter. „Die sind bei Ihnen angestellt?"

„Selbstverständlich. Was denken Sie denn? Ordnungsgemäß sozialversichert, inklusive Sonn- und Feiertagszuschlag. Die Auflagen sind hoch, ein Unternehmen in unserer Größe kann sich Schwarzarbeit nicht leisten." Der Teufel klang beleidigt und Tobias beeilte sich, zu versichern, dass er selbstverständlich nichts anderes erwartet hatte. Im Hinblick auf die beiden „Begleiter", die da vor der Tür warteten, wollte er seinen ungebetenen Besuch auf gar keinen Fall verärgern.

„Und für wen haben Sie sich jetzt entschieden?" Der Teufel warf einen ungeduldigen Blick auf sein Smartphone. „Ich habe noch eine ganze Reihe an Terminen und nicht den ganzen Tag Zeit."

Dann geh doch einfach, dachte Tobias. In seinem Kopf fuhren die Gedanken Karussell. So oder so, der Spinner blieb hartnäckig. Am besten wäre es, ihm irgendeinen Namen zu nennen, damit er endlich verschwinden würde. Und es könnte ja nicht schaden, dabei auf Nummer sicher zu gehen und jemanden auszusuchen, auf den er getrost verzichten konnte. Nur, falls an der Geschichte doch etwas Wahres dran sein sollte. Wie wäre es mit …

„Ich hab's!", rief er aufgeregt. „Paul Fichtner! Ja, nehmen Sie Paul Fichtner."

„Den Tennistrainer Ihrer Frau?"

Ja, da war Tobias sich ganz sicher. Für seinen Geschmack scharwenzelte dieser Kerl schon seit geraumer Zeit ein bisschen zu viel um Anette herum. Andauernd war sie lächelnd am Handy und stimmte mit ihm angeblich nur Trainingstermine ab. Die vielen teuren Privatstunden, die sie neuerdings buchte, waren ihm schon lange ein Dorn im Auge, dem hatte er eh einen Riegel vorschieben wollen. Ja, dieser schmalzige Schönling war der Richtige. Bevor er es sich anders überlegen konnte, scrollte Tobias auf seinem Handy an die entsprechende Stelle, ersetzte Fabio Lautendorffer durch Paul Fichtner und drückte die Enter-Taste. „So okay?", fragte er.

„Hervorragend. Dann hätten wir das für heute ja auch erledigt." Luzifer tippte etwas auf seinem Smartphone, dann stand er auf.

„War es das?" Tobias konnte sein Glück kaum fassen. Der Kerl machte tatsächlich Anstalten zu gehen! Dann stimmte es also doch, dass man Verrückte in ihrem Glauben lassen sollte. Zumindest in diesem Fall hatte es hervorragend funktioniert. „Ich muss nicht noch mit Blut unterschreiben?", erlaubte er sich augenzwinkernd einen Scherz. So langsam fand er fast ein bisschen Gefallen an dem Spiel.

Luzifer bedachte ihn mit einem verächtlichen Blick. Er setzte gerade zu einer Antwort an, als sich die Tür öffnete und die beiden Sicherheitsleute das Arbeitszimmer betraten. Schnurstracks gingen sie auf Tobias zu, der Größere von beiden fasste ihn am Arm. „Wenn Sie uns bitte folgen würden?"

„Äh, ich verstehe nicht ganz …" Irritiert schaute Tobias von einem zum anderen. „Ich bin nicht Paul Fichtner!"

„Sie sind doch Tobias Scheffler?"

„Ja, sicher, aber …"

„Dann würden wir Sie bitten, mitzukommen!" Ehe er es sich versah, war Tobias von den Security-Leuten links und rechts unter den Armen gepackt und aus seinem Schreibtischstuhl gezogen worden.

„Das ist ein Missverständnis!", protestierte er. „Herr, äh, Luzifer, sagen Sie doch auch mal etwas! Wer hat die denn hier reingelassen?"

Der Teufel schaute ihn ungerührt an. „Ihre Frau", sagte er gelassen. „Können wir jetzt endlich aufbrechen?"

Durch die Gardinen des Schlafzimmers beobachtete Anette, wie ihr sich sträubender Mann von den beiden Security-Leuten in die schwarze Limousine bugsiert wurde. Ihr Ex-Mann, korrigierte sie sich in Gedanken. *Last Minute Shopping Service* zu engagieren war ihre beste Idee seit Langem gewesen! Anstatt sich nach Geschenken für die Familie die Hacken ab zu laufen, hatte auch Anette endlich eine entspannte Vorweihnachtszeit genießen können. Und wer hätte schon gedacht, dass sich zwei Fliegen so elegant mit einer Klappe schlagen ließen? Heute und morgen würde sie noch für ihre Kinder stark sein müssen, aber direkt nach den Feiertagen würde sie Paul anrufen und sich als Witwe trösten zu lassen. Anette lächelte zufrieden.

TEE MIT PLÄTZCHEN

„Noch etwas Tee?" Ohne eine Antwort abzuwarten schenkte Hildegard ihrem Besuch nach. „Schmecken die Plätzchen?", erkundigte sie sich dabei liebenswürdig und stellte die Teekanne wieder auf das Stövchen zurück.

„Ausgezeichnet. Sehr lecker!" Gerhard Ackermann lächelte höflich. „Fast wie bei meiner Mutter", schob er hinterher. Hoffentlich würde die alte Schachtel ihm seine Lüge abnehmen.

„Na dann greifen Sie mal ordentlich zu, junger Mann!"

Ehe ihr Gast protestieren konnte, hatte Hildegard ihm drei weitere Plätzchen auf den Teller gelegt. Mit gewisser Befriedigung registrierte sie Ackermanns sichtlich beherrschten Gesichtsausdruck, als er sich eines davon in den Mund schob. Die Dinger mussten scheußlich schmecken. Diesmal waren sie total hart geworden, weil sie sich mit Erika am Telefon verquatscht und darüber die Zeit vergessen hatte. Egal, mit reichlich Puderzucker musste es für heute genügen.

„Könnten wir vielleicht ein Fenster öffnen?" Kauend zog Ackermann an seinem Krawattenknoten. „Es ist ganz schön warm hier drinnen."

Hildegard tat, als ob sie nichts gehört hatte. Gewisse Dinge zu ignorieren gehörte zu den großen Privilegien des Alters. Sollte er sie doch für schwerhörig halten – die Fenster würden auf alle Fälle geschlossen bleiben. Sie war jedenfalls heilfroh, dass sie es halbwegs warm hatte im Wohnzimmer.

Während Ackermann sich mit den steinharten Plätzchen abmühte, musterte sie ihn verstohlen. Bei ihrer ersten Begegnung hatte Hildegard ihn auf Mitte vierzig geschätzt. Ihr Haus würde ihn an sein Elternhaus erinnern, hatte er behauptet, darum wolle er es unbedingt kaufen. Hegen und pflegen wolle er es, sanieren und in den Originalzustand versetzen, das hatte er versprochen. Dass Gerhard Ackermann tatsächlich erst Ende dreißig war, hatte ihr sein Geburtsdatum im Vorverkaufsvertrag verraten. Sich bereits in so jungen Jahren eine solche Wampe anzufressen, war beachtlich. Gott sei Dank ahnte er nichts von ihren Gedanken.

Ackermann räusperte sich und spülte den letzten Plätzchenrest mit einem großen Schluck Tee herunter. „Das war wirklich ganz ausgezeichnet, vielen Dank." Es kostete ihn Mühe, dabei nicht das Gesicht zu verziehen. Sein Bedarf an harten Plätzchen und bitterem Tee war definitiv gedeckt. Bislang war er davon ausgegangen, dass alte Damen gut backen konnten, Ausnahmen bestätigten aber wohl die Regel, zumindest in diesem Fall.

„Lassen Sie uns doch zum eigentlichen Anlass meines Besuchs kommen!" Er wuchtete seinen schweren Aktenkoffer auf das Sofa, ließ die Schlösser aufschnappen und griff nach einem Stapel Unterlagen.

„Ich fühle mich sehr geehrt, dass Sie, liebe Frau König, sich entschlossen haben, Ihr …", er beschrieb mit den Händen einen weiten Bogen, „Domizil in meine vertrauensvollen Hände zu legen und heute den Vorverkaufsvertrag unterzeichnen zu wollen. Ich bin sicher, Sie werden diesen Schritt nicht bereuen."

Aus der Westentasche zog er einen Kugelschreiber. „Ausgefüllt ist so weit alles. Sie müssten nur noch hier …", er blätterte, „und hier unterschreiben. Um den Termin mit dem Notar kümmere ich mich dann im neuen Jahr. Der ist zurzeit im Urlaub."

Hildegard schaute nicht auf die Blätter, die Ackermann vor ihr ausgebreitet hatte. Sie wartete. Nur das Ticken der Kaminuhr unterbrach die Stille im Zimmer. Zufrieden beobachtete sie, wie das aufgesetzte Lächeln ihres Gegenübers langsam krampfhaft wirkte.

„Stimmt, da war ja noch eine Kleinigkeit!" Ackermann hüstelte.

Aus dem Aktenkoffer fischte er einen Umschlag, den er in ihre Richtung schob.

„Darf ich?" Hildegard warf einen Blick in den verdächtig dünnen Umschlag. Tatsächlich enthielt er gerade mal die Hälfte der Summe, die sie für die Unterzeichnung des Vorverkaufsvertrags vereinbart hatten. Fragend hob sie eine Augenbraue. Dieser Blick mit gehobener Augenbraue, der hatte ihr schon oft im Leben weitergeholfen. Auch bei Gerhard Ackermann schien er zu funktionieren.

„Liebe Frau König, ein Objekt wie dieses ..."

„... kommt mit dieser Grundstücksgröße und in dieser Lage so schnell nicht mehr auf den Markt", beendete Hildegard den Satz.

„Sie müssen das ganzheitlich betrachten", begann Ackermann sich zu rechtfertigen. „Die Kosten für eine energetische und klimaneutrale Sanierung sind beachtlich."

„Und das fällt Ihnen ein, wenn wir den Vorverkaufsvertrag unterzeichnen? Hatten Sie nicht bei den Besichtigungen die gute Bausubstanz gelobt?"

„Selbstverständlich, liebe Frau König. Das Haus ist für sein Alter in einem wirklich sehr gepflegten Zustand. Ich betone – für sein Alter! Trotzdem muss da einiges gemacht werden: die Leitungen, die Fenster, das Dach ... Von der alten Ölheizung spreche ich noch gar nicht." Gerhard Ackermann gewann langsam wieder sicheres Terrain.

„Ach hören Sie doch auf mit diesem ‚liebe Frau König'", schnitt Hildegard ihm das Wort ab. Jede Freundlichkeit war aus ihrer Stimme gewichen. „Sie wollen doch nur den Preis drücken. Das war so nicht abgemacht, Herr Ackermann! ‚Ein Mann, ein Wort', haben Sie mir gesagt, als ich zugesagt habe, mein Haus an Sie zu verkaufen!"

Ackermann hüstelte. „Aber meine ... äh, Frau König! Da wäre doch noch der riesige Garten! Bis der in Form gebracht ist ..."

„Der Garten ist eingewachsen und absolut uneinsehbar. Keine Belästigung durch Nachbarn. Das war doch genau das, was Sie immer gesucht haben. Ich denke, ich werde mir das mit dem Verkauf noch mal überlegen müssen."

Ackermann lehnte sich zurück und grinste selbstgefällig. „Und ich denke, das werden Sie nicht." Das war der Teil, den er immer ganz besonders genoss.

„Oh doch, das werde ich", fuhr Hildegard ihn an. Fast hätte sie mit dem Fuß aufgestampft.

„Frau König, seien Sie doch vernünftig. Der Unterhalt des Hauses wächst Ihnen langsam über den Kopf. Sie wissen nicht, wie Sie die nächste Erdöllieferung bezahlen sollen – das haben Sie mir selbst erzählt. Wir haben Ende Dezember, der Winter hat gerade angefangen."

Dezent tupfte sich Ackermann mit einem Taschentuch die Schweißperlen von der Stirn. Im Wohnzimmer war es warm wie in einem Backofen und von der Hitze war ihm leicht schwummerig. Kein Wunder, dass die Alte pleite war, wenn sie so heizte. Mit einem Kopfnicken wies er auf den Vertrag. Jawohl, er, Gerhard Ackermann, hatte seine Hausaufgaben gemacht!

„Ich weiß, dass Sie frühestens im Mai umziehen können. Und da sind noch ein paar andere – ich nenne es mal – Verbindlichkeiten offen. Sind Sie nicht auch der Meinung, dass es klug wäre, wenn wir beide einen Schritt aufeinander zugehen?"

Hildegard spürte die Zornesröte in ihrem Gesicht aufsteigen. Bevor sie dem Kaufangebot zugestimmt hatte, hatte sie Gerhard Ackermann natürlich gegoogelt. Von wegen Familienmensch und Gartenliebhaber! Ein Immobilienhai war das, der gerade versuchte, sie über den Tisch zu ziehen. Heute ging es nur um den Vorverkauf, aber kaum wäre ihre Unterschrift auf dem notariell beurkundeten Kaufvertrag getrocknet, hätte Ackermann das Grundstück bereits an einen Bauunternehmer weiterverscherbelt. Der ihm selbstver-ständlich zugesichert hätte, die Wohnungen, die nach dem Abriss ihres Hauses hier entstehen würden, weiter vermakeln zu dürfen.

Dass Ackermann versuchen würde, sie hinters Licht zu führen, damit hatte sie gerechnet, nicht aber, dass er es so plump anfangen würde.

„Und was haben Sie sich vorgestellt?", fragte sie, die Hand in der Rocktasche zu einer Faust geballt.

„Na sehen Sie, Sie sind doch eine vernünftig denkende Frau." Aus einer prall gefüllten Banktasche zählte er sorgfältig fünf grüne Scheine ab und warf sie mit jovialer Geste auf den Tisch. „Und weil ich kein Unmensch bin, komme ich Ihnen auch noch ein bisschen entgegen. Na, was sagen Sie?"

Nichts, dachte Hildegard. Angesichts der Dreistigkeit dieses Kerls fehlten ihr schlichtweg die Worte. Ihr Blick fiel auf den Weihnachtsbaum, der in der Ecke des Zimmers auf den Abtransport nach draußen wartete. Das war das fünfte Weihnachtsfest, das sie ohne ihren Kurt gefeiert hatte. Wie vermisste sie ihren verstorbenen Mann! Seit Kurt nicht mehr da war, wuchsen ihr Haus und Garten buchstäblich über den Kopf. Im Alltag kam sie gut zurecht, aber für jede kleinste Instandhaltungsarbeit war sie auf fremde Hilfe angewiesen.

„Da habe ich ja wohl keine andere Wahl." Sie betrachtete den schwitzenden Gerhard Ackermann. „Ich bin einverstanden. Im Gegenzug müssten Sie mir aber auch einen kleinen Gefallen tun."

„Was denn?"

„Der Weihnachtsbaum." Mit einem Kopfnicken deutete Hildegard in die Zimmerecke. „Ich habe ihn heute früh abgeschmückt, er müsste in den Garten getragen werden. Alleine schaffe ich das nicht."

Ackermann zögerte nur kurz. Um an das Grundstück zu kommen, hofierte er die alte Schachtel nun seit Wochen, lockte, schmeichelte und machte Komplimente. Für die langersehnte Unterschrift auf dem Vorverkaufsvertrag würde er den verdammten Baum nach Timbuktu schleppen, wenn es denn sein musste. Außerdem war das ein willkommener Anlass, sich aus diesem überheizten Wohnzimmer zu verabschieden. Ackermann hatte das Gefühl, es keine Minute länger darin aushalten zu können, so stickig war es. Das Schwindelgefühl hatte nicht nachgelassen, eher im Gegenteil. Wie konnte man sich freiwillig in so einem Brutofen aufhalten? Er nickte gottergeben.

Hildegard griff nach dem Stift. „Wo bitte muss ich noch mal unterschreiben?"

Den Weihnachtsbaum geschultert folgte Ackermann wenig später Hildegard über die Terrasse in den Garten. Was eine alleinstehende alte Frau mit so einem riesigen Weihnachtsbaum wollte, war ihm schleierhaft. Das Ding war gut und gerne drei Meter hoch und wog gefühlt eine Tonne. Bescheuerte Idee – er hätte direkt fahren sollen, nachdem die Alte endlich unterzeichnet hatte. Garantiert war er gerade dabei, sich seinen Anzug zu ruinieren. Andererseits, für die fette Provision, die er mit diesem Immobilien-Deal kassieren würde, konnte er sich so viele Anzüge kaufen, wie er wollte. Maßgeschneidert. Für jeden Tag einen, wenn ihm der Sinn danach stand. Er schnaufte. Irgendwie war ihm immer noch nicht gut, die frische Luft hatte nicht geholfen.

„Frau König", keuchte er, „warum kommt der nicht einfach vor die Tür? Holt die Müllabfuhr die denn nicht ab?"

„Doch, schon. Ich möchte aber nachher die Äste abschneiden und im Garten verwenden."

„Im Garten verwenden?"

„Zur Abdeckung. Frostschutz. Als Gartenliebhaber kennen Sie das doch sicher."

Missmutig starrte Ackermann auf Hildegards Rücken. Machte sich die Alte etwa über ihn lustig? Und meine Güte, wie weit denn noch? Als er dachte, ihm würde gleich schwarz vor Augen, blieb sie endlich stehen.

„Sie können ihn hier ablegen." Sie wies auf eine rechteckige Holzkonstruktion.

„Hier, in den Komposter?", ächzte Ackermann. Keine Minute länger hätte er das Ding noch tragen können.

„Nein, daneben. Das ist übrigens kein Komposter, das wird ein Hochbeet", erklärte Hildegard. „Drei Seiten stehen schon, nur die Bretter für die vierte Seitenwand müssen noch in die Profilschienen eingesetzt werden."

„Irgendwie ist mir nicht gut ...", röchelte Ackermann und ließ den Weihnachtsbaum fallen. Er bekam keine Luft mehr. Vor seinen Augen zuckten kleine Lichtblitze. Haltsuchend tastete er nach der halbhohen Seitenwand.

Hildegard lächelte stolz. „Ja, fühlen Sie mal, das ist richtig gut verarbeitet. Solide Handwerksarbeit vom Gärtner meines Vertrauens. Sie werden lange Freude daran haben, sobald Sie eingezogen sind."

Ackermann schwankte. Irgendwas in ihrem Unterton gefiel ihm nicht, aber er konnte keinen klaren Gedanken fassen. Die Welt vor seinen Augen begann sich zu drehen, erst langsam, dann immer schneller.

„Herr Ackermann? Ist Ihnen nicht gut?"

„Kurz ausruhn ...", war das Letzte, was er von sich gab, bevor er die Augen verdrehte und vor Hildegards Füßen zusammenbrach.

Hildegard hob eine Augenbraue. „Na dann wollen wir mal, Herr Ackermann!", sagte sie zu dem am Boden liegenden Mann, der sich nicht mehr rührte.

Am nächsten Morgen beobachtete Hildegard von der Terrasse aus den Gärtner, wie er reife Komposterde in das neue Hochbeet schaufelte.

„Na, Hildegard, machst du einen hart arbeitenden Mann glücklich und lädst ihn nachher noch auf eine Tasse Tee ein?", scherzte Jens in ihre Richtung.

Hildegard schmunzelte in sich hinein. Nach getaner Arbeit würde sie Jens besser einen Kaffee anbieten. Tee servierte sie ausschließlich besonderen Gästen – Gästen, die gerne länger blieben.

„Du sollst doch nicht mit mir flirten, Jens!" Scherzhaft drohte sie ihm mit dem Finger, zuckte aber in der Bewegung zurück. Au, das tat weh! Der Muskelkater machte sich schmerzhaft bemerkbar, gestern hatte sie sich wohl überanstrengt. Es war weit anstrengender gewesen als erwartet, den dicken Herrn Ackermann in die Umfassung des Hochbeets zu rollen und danach die Bretter einzusetzen. Anschließend hatte sie den Inhalt der Laubsäcke, die seit Herbst in der Garage standen, über ihm ausgeleert und das Ganze mit den Zweigen des Weihnachtsbaums abgedeckt. Ein Hochbeet muss schließlich sorgfältig geschichtet sein und die Äste eigneten sich sehr gut, die Laubschicht an Ort und Stelle zu halten.

Jens unterbrach ihre Gedanken. „So, Hildegard, das war der letzte. Fertig für heute!" Den leeren Sack warf er in die Schubkarre zurück. „Die Erde sackt noch ein bisschen zusammen, aber bevor die Gartensaison losgeht, komme ich noch mal und fülle das auf." Er klopfte sich die Hände an der Hose ab. So sehr er seine Auftraggeberin auch schätzte, ein bisschen schrullig war die alte Dame zugegebenermaßen schon. Warum um alles in der Welt ließ sie sich Ende Dezember ein Hochbeet aufstellen? Andererseits stimmte die Bezahlung, das Trinkgeld fiel stets großzügig aus und jetzt im Winter herrschte eh Saure-Gurken-Zeit.

Er zeigte auf die anderen Hochbeete. „Die hier könnten auch noch ein bisschen mehr Erde vertragen. Das kann ich dann aber gleich mit erledigen." Ganz kurz zögerte er, konnte sich die Frage dann aber doch nicht verkneifen. „Hildegard, mal ganz ehrlich – wozu brauchst du denn noch ein weiteres Hochbeet? Du hast doch schon vier!"

BONUSMATERIAL

DER KOBE-LACHS

„Hast du gesehen, dass wir am 21. Januar bei Tanja und Oliver eingeladen sind?"

Ich löse den Blick von meiner Zeitung. „Ach wirklich?"

Nach unserem speziellen Gänsedinner im Dezember habe ich von den beiden nichts mehr gehört, wenn man von der obligatorischen Weihnachtskarte mal absieht. Tanja schickt gerne diese selbstgemachten „Seht-her-was-ich-Tolles-kann"-Karten. Karten, denen man ansieht, dass sie genau wie ihre Absender gerne etwas Besseres wären. Allein für den Preis des Bastelmaterials einer Karte bekommt man locker zehn vorgedruckte, aber mit solchen Argumenten braucht man Frauen erst gar nicht kommen.

Meine Frau macht ihr genervtes Gesicht. „Das darf doch nicht wahr sein, dass du das nicht mitbekommen hast", regt sie sich auf. „Schaust du denn nie auf dein Handy?"

Das schon, aber nicht in diese Vielzahl von Messengerdienste, in die man heutzutage quasi genötigt wird. Als ich gehorsam mein Handy überprüfe, stelle tatsächlich fest, dass ich Mitglied einer Gruppe mit dem Namen *Neujahrsbrunch* geworden bin. Tanja hat sie eingerichtet. Außer meiner Frau und mir sind noch gut zwei Dutzend andere Telefonnummern aufgelistet.

„Warum laden die uns ein?", frage ich misstrauisch.

„Tanja sagte, es wäre doch eine schöne Idee, im Freundeskreis auf das neue Jahr anzustoßen."

„Aber ist der 21. Januar nicht ein Sonntag?!", hake ich nach.

„Ja, aber es ist doch auch ein Brunch, das ist eine Mischung aus Breakfast und Lunch und ..."

„Schatz, ich weiß, was ein Brunch ist!", unterbreche ich meine Frau, aber sie lässt sich nicht bremsen. „Ich soll für das Buffet meinen gebeizten Lachs mitbringen. Oliver hat angerufen, er koordiniert das Buffet."

Oliver koordiniert ein Buffet? Seit wann gibt Tanja freiwillig das Heft beziehungsweise in diesem Fall den Kochlöffel aus der Hand? Die Planänderung finde ich seltsam, denke aber nicht weiter darüber nach. Ein Fehler, wie sich im Nachhinein herausstellt, denn Menschen wie Tanja und Oliver ändern nicht einfach mir nichts, dir nichts ihre Gewohnheiten. Eigentlich hätte ich also wissen müssen, dass da was im Busch ist...

Als wir am 21. Januar bei Tanja und Oliver auf der Matte stehen, dringt Stimmengemurmel durch die Eingangstür. Obwohl wir nur um die Ecke wohnen, sind wir natürlich nicht pünktlich aus dem Haus gekommen. Wenn ich mich bei meiner Frau auf eines verlassen kann, dann darauf, dass sie sich in letzter Minute noch einmal komplett umzieht.

Oliver öffnet die Tür. „Da seid ihr ja!", empfängt er uns erfreut und begrüßt meine Frau mit zwei Luftküsschen. „Immer rein in die gute Stube!", sagt er und weist in Richtung Wohnzimmer.

Ich muss an mich halten, nicht zu grinsen. Wer bezeichnet heutzutage sein Wohnzimmer noch als „gute Stube" und meint das tatsächlich auch so? Andererseits, wenn ich mich bei den beiden umschaue, hat er damit den Nagel auf den Kopf getroffen. Mir wäre das zu dunkel mit all dem Holz, aber ich muss hier ja auch nicht wohnen.

„Wo steckt denn die Dame des Hauses?", ahme ich Olivers gestelzte Ausdrucksweise nach. Natürlich merkt er nicht, dass ich mich über ihn lustig mache.

„Tanja ist in der Küche. Sobald alle da sind, werden wir auf das neue Jahr anstoßen. Und...", er zwinkert mir vertraulich zu, „für dich habe ich noch eine ganz besondere Überraschung!"

So, so, eine Überraschung also. Ehrlich gesagt mag ich Überraschungen nicht besonders – nicht mehr zumindest. Früher, als Kind, waren Überraschungen immer etwas Tolles und bestanden aus spontanen Einladungen ins Freibad, einem geschenkten Fünf-Mark-Stück oder mitgebrachten Matchbox-Autos. Heutzutage kommen Überraschungen eher im Gewand von Mahngebühren, Knöllchen oder Schwangerschaftstests daher. Ich bin dementsprechend misstrauisch, als ich die gute Stube betrete.

Das Wohnzimmer ist brechend voll. Ich habe Mühe, unsere Platte mit dem gebeizten Lachs durch das Gedränge zu balancieren. Die meisten kenne ich, größtenteils Nachbarn, es sind aber auch einige unbekannte Gesichter dabei. Meine Frau klinkt sich sofort bei Steffi und Alex ein, auch die Brandners sind da, Johannes und Paula stehen neben den Neuen, deren Namen ich mir nie merken kann, und sogar die alte Frau König ist gekommen.

Ich stelle unseren Lachs auf dem Buffet ab und bahne mir den Weg in Richtung Küche. Tatsächlich, da ist Tanja. Sie hat mir den Rücken zugedreht und diskutiert eifrig mit einer zierlichen Frau mit einem dicken schwarzen Haarknoten. Trotz der hohen Pumps wirkt sie neben der stattlichen Tanja geradezu winzig. Kurz stockt mir der Atem. Ling! Was macht die denn hier? Ich meine, natürlich gehört Ling zur Nachbarschaft dazu, aber ich hätte nicht damit gerechnet, dass Tanja sie einladen würde. Als ob sie meine Gedanken gehört haben, drehen sich beide um.

„Hallo Mädels …", sage ich unkreativ und begrüße Tanja mit Küsschen-links-Küsschen-rechts. Bei Ling bin ich unschlüssig, wie ich mich verhalten soll. So wie sie mich anstarrt, würde ich am liebsten sofort den Rückwärtsgang einlegen, insbesondere, da Tanja über ein beneidenswertes Ortungsradar für die Schwachstellen ihres Gegenübers verfügt. Natürlich hat sie mein Unbehagen sofort bemerkt.

„Na, habt ihr es auch schon geschafft?" Tanja lächelt, aber nicht mit den Augen. Es ist ein Lächeln, bei dem man instinktiv darüber nachdenkt, was man in letzter Zeit angestellt hat und sofort ein schlechtes Gewissen bekommt. Mir geht es zumindest so, zumal mein schlechtes Gewissen direkt neben Tanja steht und mich böse anschweigt. Ihre Mandelaugen blitzen gefährlich.

„Ich dachte, ich bringe ein bisschen Schwung in die Nachbarschaft und lade ein paar Leute zum Neujahrsempfang ein", fährt Tanja fort. „Als guter Vorsatz fürs neue Jahr! Ling, ihr zwei kennt euch ja, nicht wahr?" Täusche ich mich oder liegt etwas Zweideutiges in ihrer Aussage? Instinktiv halte ich die Luft an und stelle mich ihrem Röntgenblick. Bloß nichts anmerken lassen! In solchen Momenten kann einem Oliver echt leidtun. Manchmal wundere ich mich echt, wie klaglos er sie schon seit Jahren erträgt ...

Ohne meine Antwort abzuwarten, greift Tanja nach einer Platte mit Schnittchen und schiebt sich an mir vorbei. „Schnapp dir ein Sektglas, wir wollen später noch auf das neue Jahr anstoßen." Zack, weg ist sie, Ling und ich stehen uns in der Küche alleine gegenüber. Sie hat immer noch nichts gesagt, aber die kleine Falte zwischen ihren Augen spricht Bände.

„Toll siehst du aus!", versuche ich es mit einem Kompliment, aber da faucht sie mich schon an.

„Was erzählst du?"

„Doch, auf alle Fälle!", beteuere ich. „Dein Kleid, das steht dir super!"

„Meine Eltern nichts Bauernhof", fährt sie mir ins Wort.

Bauernhof? Wieso Bauernhof? Ich verstehe nur Bahnhof.

„Mein Vater Beamter, Mutter Lehrerin – nichts Bauernhof. Verkaufen keine Gänse!", ereifert sie sich.

Gänse?! Was denn für Gänse? Ich denke nach und langsam, ganz langsam fällt der Groschen. Diese unsägliche Kobe-Gans-Geschichte von unserem Weihnachtsessen mit Tanja und Oliver scheint sich bis zu Ling herumgesprochen zu haben. Kein Wunder also, dass sie sauer ist.

„Aber Ling, wer behauptet denn so etwas?", versuche ich sie zu beschwichtigen.

Zornfunkelnd baut sie sich vor mir auf. „Oliver! Oliver hat mir erzählt."

Ich greife nach ihrem Arm. „Hör mal Ling, das war doch gar nicht so gemeint. Das war…", ich suche nach Worten, „so eine Art Scherz. Das kann doch niemand ernst nehmen!" Ich presse mir einen Lacher ab, der selbst in meinen Ohren gekünstelt klingt. „Auf gar keinen Fall wollte ich deine Eltern diskreditieren…", erkläre ich, aber davon will Ling nichts wissen. Mit einem Ruck entzieht sie mir ihren Arm. „Lügner!", schimpft sie wütend und kippt mir ihren Sekt ins Gesicht. Ich blinzele und trete einen Schritt zurück. Ling nutzt die Gelegenheit, fährt auf dem Absatz herum und stöckelt mit kleinen, kurzen Schritten aus der Küche. „Schwein!", ist das Letzte, das ich von ihr höre, danach stehe ich alleine da. Shit, denke ich. Hoffentlich hat niemand von der Szene etwas mitbekommen … Wie bekomme ich die bloß wieder eingefangen? Während ich mit einem Küchenpapier meine Brille abwische und den Pullover trocken tupfe, streckt meine Frau den Kopf zur Tür herein.

„Hier steckst du also!", sagt sie und stutzt. „Was ist denn passiert? Dein Pullover ist ja ganz nass?!"

„Ach, ich habe das Sektglas zu schwungvoll angesetzt und dabei die Hälfte verschüttet", rede ich mich heraus.

Meine Frau runzelt die Stirn. „Bärchen, alles okay bei dir?", will sie wissen. „Du siehst irgendwie blass aus. Ist dir nicht gut?"

Ich schüttele den Kopf und bemühe mich, nicht allzu erleichtert auszusehen. Plötzliches Unwohlsein wäre die Gelegenheit, die gute Stube so schnell es geht gesichtswahrend verlassen zu können. „Ja, Schatz", stöhne ich, „ein bisschen komisch ist mir tatsächlich. Vielleicht sollten wir gehen?"

Sie mustert mich eindringlich. Dass das ungute Gefühl in meiner Bauchgegend nichts mit Übelkeit zu tun hat, kann man mir hoffentlich nicht ansehen. „Jetzt schon? Wir sind doch gerade erst gekommen. Bis eben ging es dir doch noch ganz gut?"

Ich sehe meine Chancen schwinden und mache ein leidendes Gesicht. „Keine Ahnung", behaupte ich zögernd. „Es kam ganz plötzlich, als ich den Sekt getrunken habe."

„Auf nüchternen Magen soll man auch keinen Sekt kippen", weiß meine Frau es besser. „Vielleicht solltest du erst einmal etwas essen?"

„Ich weiß nicht ...", widerspreche ich vorsichtig, aber da zieht sie mich schon ins Wohnzimmer.

„Doch, doch", sagt sie bestimmt und dirigiert mich in Richtung Buffet. „Iss eine Kleinigkeit und du wirst sehen, dass es dir bestimmt gleich wieder besser geht. Vielleicht etwas Weißbrot ..."

Sie stutzt, als wir an einer blonden Frau in rotem Kleid vorbeikommen. „Nina?"

Die Blonde reißt sie Augen auf. „Nein, das gibt es ja nicht! Wir haben uns ja eine Ewigkeit nicht gesehen!", quietscht sie und die beiden fallen sich in die Arme. Ich habe keine Ahnung, wer das ist, diesen Hintern hätte ich mir auf alle Fälle gemerkt. Da mir der Sinn nicht nach Small Talk steht, schlendere ich weiter in Richtung Buffet. Vielleicht doch etwas essen? Wo ich schon mal hier bin, wäre es doch schade, die angebotenen Leckereien nicht wenigstens zu probieren. Optisch sieht jedenfalls alles wunderbar aus, mir läuft direkt das Wasser im Mund zusammen. Vor jedem Essen steht eine kleine Schiefertafel, auf der mit Kreidestift der Name der Speise und des Spenders vermerkt ist. Der Heringssalat stammt von den Brandners, die obligatorischen Plätzchen von Frau König, Steffi und Alex haben Blätterteigtaschen gebacken, die muss ich unbedingt probieren ... Suchend schaue ich mich nach unserem Lachs um. Tatsächlich! Auch an unserer Lachsplatte lehnt inzwischen eine kleine Tafel. Mir wird flau, als ich lese, was unter unserem Namen geschrieben steht. Das darf doch nicht wahr sein! Hoffentlich hat das meine Frau noch nicht gesehen! Gerade will ich das Schildchen unauffällig verschwinden lassen, als zwei Männer auf unsere Lachsplatte aufmerksam werden.

„Kobe-Lachs", liest ein Bärtiger im gestreiftem Hemd die Tafel vor. „Noch nie gehört. Was soll das denn sein?"

„Keine Ahnung. Ich kenne nur Kobe-Rinder", murmelt der andere, während er sich den Teller vollschaufelt.

„Also da müsst ihr unbedingt unseren Nachbarn fragen, der kennt sich damit aus." Wie aus dem Nichts ist Oliver an meiner Seite aufgetaucht und klopft mir kumpelhaft auf die Schulter. „Er ist nämlich auf asiatische Spezialitäten spezialisiert!"

„Wirklich?" Durch dicke Brillengläser schaut mich das gestreifte Hemd interessiert an.

Ich mache ein unbeteiligtes Gesicht und versuche, unauffällig nach hinten auszuweichen, aber Oliver steht mir im Weg.

„Aber gewiss doch", tönt er so laut, dass einige der Umstehenden ihn verblüfft anstarren. „Im Dezember waren wir zu einer fantastischen Kobe-Gans eingeladen! Ein wahrer Liebhaber Asiens, nicht wahr?"

Ich packe ihn am Ärmel und zerre ihn in eine Ecke des Wohnzimmers. „Was soll das?", stelle ich ihn zur Rede.

Er lächelt hintergründig. „Was das soll? Das sollte ich wohl eher dich fragen. Hast du uns nicht diese asiatische Köstlichkeit aufgetischt, die fast wie Hühnchen schmeckt?"

„Ja und?", fahre ich ihn heftiger an als beabsichtigt. „Mensch Olli, das war ein Scherz!"

Er nimmt einen Schluck von seinem Sekt und schaut in die andere Ecke des Raums, wo Ling sich gerade mit zwei anderen Frauen unterhält. „Was meinst du – ob Ling diesen Scherz auch so lustig findet?", will er wissen.

„Aha. Du warst das also, du hast das Schild mit dem Kobe-Lachs aufgestellt", schlussfolgere ich. Sein Schweigen spricht Bände. „Aber warum?", fahre ich fort. „Damit hast du Ling total vor den Kopf gestoßen!"

„Ich?" Oliver mustert mich mit schlecht gespielter Verblüffung. „Du hast doch die Lachsplatte mitgebracht . . ."

„Ja, weil du ihn bestellt hast! Du hast doch bei uns angerufen und meine Frau gebeten, dass sie unbedingt ihren gebeizten Lachs mitbringen soll."

„Ja und?" Er zuckt die Achseln. „Alle haben gesehen, dass du den Lachs auf das Buffet gestellt hast. Außerdem ist es dein Name, der auf der Tafel steht."

Ich seufze genervt. „Oliver, ich weiß nicht, was du eigentlich willst. Wenn das eine Retourkutsche sein soll, dann ist das eine schlechte, denn die geht auf Lings Konto. Sie ist stocksauer!"

„Um Ling brauchst du dir keine Gedanken zu machen, der geht es ausgezeichnet. Im Gegenteil, Ling ist momentan sehr glücklich!"

„Ach ja?" So wie sie mich vorhin in der Küche angeschaut hat, habe ich da meine Zweifel.

„Ja . . ." Oliver lächelt versonnen. „Ling ist glücklich, weil wir übernächstes Wochenende in ein schönes Hotel fahren! Vorzügliches Essen, Wellness, Cocktails, das ganze Programm eben . . . Nur sie und ich, du weißt, was ich meine?" Verschwörerisch zwinkert er mir zu.

Wie bitte? Im ersten Moment glaube ich, mich verhört zu haben. Ich meine, man muss sich Oliver nur mal anschauen, um allein den Gedanken an einen Wellnesstrip mit ihm lächerlich zu finden.

„Du glaubst doch im Leben nicht, dass Ling mit dir in den Urlaub fährt", ist daher alles, was mir dazu einfällt.

„Aber selbstverständlich! Sie war ganz begeistert, als ich ihr gezeigt habe, was ich für uns ausgesucht habe! Schau mal!" Er hält mir sein Handy hin. Wider Willen bin ich beeindruckt, als ich mir den Webauftritt eines Luxushotels im Allgäu anschaue. Ästhetische Bilder versprechen ein Ambiente, das geschmackvoll und teuer aussieht. Oliver hat nicht zu viel versprochen – alles nur vom Feinsten.

„Das kannst du dir nie im Leben leisten", kontere ich spürbar beruhigt. Dieses Hotel liegt definitiv außerhalb seiner finanziellen

Möglichkeiten. Bei Oliver und Tanja hat nämlich sie das Geld, er ist daher gezwungenermaßen sparsam. Und tatsächlich zuckt er einen Moment zurück.

„Aber selbstverständlich", antwortet er, klingt aber nicht mehr ganz so selbstbewusst.

Ich hake nach. „Und wie willst du das bezahlen, hm?"

Sofort hat er wieder Oberwasser. „Ling und ich sind eingeladen!"

Gegen meinen Willen bin ich nun doch neugierig. „Von wem denn?", will ich wissen.

Oliver macht ein Gesicht, als ob er den Sieger eines Wettbewerbs verkündet. „Na von dir!", sagt er nach einer bedeutungsvollen Pause.

Die Erleichterung, die mich durchfährt, ist so groß, dass ich mich fast an meiner Blätterteigtasche verschlucke. Träum weiter, denke ich, aber bevor ich antworten kann, redet er bereits weiter.

„Ich habe schon alles ausgesucht und reserviert, auch das Essen und die Anwendungen. Hier ...", er tippt etwas, „hast du die Mail, da ist alles aufgelistet. Das Hotel weiß Bescheid, dass du dich morgen melden wirst. Du musst nur noch die Buchung bestätigen und deine Kreditkartennummer durchgeben."

Allein der Gedanke ist so absurd, dass ich mich gar nicht mehr einkriege vor Lachen. „Und was sagt Tanja dazu?", will ich wissen, nachdem ich mich wieder einigermaßen beruhigt habe.

„Gar nichts wird sie dazu sagen. Weil sie es nämlich nicht erfahren wird."

„Und wie willst du das anstellen?", frage ich.

„Ganz einfach – du wirst mein Alibi sein."

Ich starre Oliver an. Ist er besoffen? Oder größenwahnsinnig geworden? So oder so, ich habe keine Lust mehr auf diese albernen Spielchen. „Also ich weiß nicht, wie du darauf kommst, Olli ...", aber er unterbricht mich.

„Ach so, bevor ich es vergesse, die Überraschung, die ich dir versprochen habe – die wollte ich dir doch unbedingt noch zeigen." Er wischt ein paar Mal auf seinem Handydisplay und dreht es so, dass ich es sehen kann. Schlagartig bin ich hellwach, als ich ein Foto von Ling und mir sehe. Ein ganz spezielles Foto von Ling und mir. Wie ist er bloß da rangekommen? Wann hat er das aufgenommen? Und vor allen Dingen, wann war das?

„Soll ich es dir schicken?", bietet er freundlich an. Bevor ich etwas sagen kann, tippt er bereits. In meinem Kopf rattern die Gedanken wie die Wagen einer Achterbahn. Nein, denke ich immer wieder, nein, nein, nein! Ich meine – wir sprechen hier von Oliver! Wer hätte das diesem Wicht zugetraut?

„Gar nichts wirst du tun", knurre ich und mache drohend einen Schritt auf ihn zu.

Oliver hebt den Kopf. „Hast du etwas gesagt?"

„Wenn du auch nur daran denkst, mich zu erpressen, polier ich dir die Fresse, sobald ich dich alleine erwische", verspreche ich ihm, aber Oliver tut, als ob er mich nicht gehört hat.

„Na so was", murmelt er kopfschüttelnd. „Jetzt hätte ich doch beinahe das Foto in unsere Neujahrsbrunch-Gruppe gestellt. Wie ungeschickt von mir …"

Kurz wird es mir ganz heiß, dann eiskalt. Über dieses Szenario und seine möglichen Konsequenzen möchte ich lieber erst gar nicht nachdenken.

„Hör mal Olli", sage ich gedehnt, um Zeit zu schinden. „Das Alibi – ich weiß doch gar nicht, was ich da sagen soll …", fange ich mit dem kleinsten aller Übel an.

„Ich bin mir sicher, dass einem so begnadeten Geschichtenerzähler wie dir da gewiss etwas einfallen wird. Und falls ich deinem Gedächtnis auf die Sprünge helfen soll, hätte ich hier noch etwas …" Er zeigt mir ein weiteres Foto, bei dessen Anblick mir die Knie weich werden. Dieses Arschloch hat mich definitiv an den Eiern.

Mitleidig lächelnd schüttelt Oliver den Kopf. „Weißt du, was?", sagt er. „Wenn du mich so verzweifelt anschaust, kann ich mich gar nicht konzentrieren. Nachher passiert mir doch noch Fehler und das Foto landet sonst wo … Schau mal, da drüben steht Tanja. Warum gehst du nicht gleich zu ihr hin und besprichst alles? Denk dir einfach was Schönes aus, ich lasse dir da vollkommen freie Hand." Er leert sein Sektglas in einem Zug und nickt mir aufmunternd zu. „Ist es nicht spannend, nicht zu wissen, was das neue Jahr an Herausforderungen für einen parat hält?", sagt er leutselig, bevor er sich wieder unter seine Gäste mischt.

An diesen Satz habe ich in den letzten zwei Wochen immer wieder zähneknirschend denken müssen. Auch jetzt, als ich Ollis davonfahrendem Auto nachschaue, geht er mir durch den Kopf. Wenn Sie mich fragen – mein Bedarf an Herausforderungen ist für dieses Jahr auf alle Fälle gedeckt.

Allein was die Organisation von Ollis Wellnesstrip ins Allgäu mich Zeit und Nerven gekostet hat! Denn wie zu erwarten war sein Wunschzettel natürlich nicht vollständig, beinahe täglich kam er mit weiteren Extras an. Ich habe so oft die Buchung in diesem Scheißhotel ändern müssen, dass ich inzwischen mit meinem Namen begrüßt werde, sobald ich dort anrufe.

Ähnlich nervenaufreibend gestalteten sich auch die Verhandlungen bezüglich der kompromittierenden Fotos von Ling und mir. Olivers Versprechen, die Bilder nach seiner Rückkehr zu löschen, traue ich nicht. Umgekehrt wollte er von meiner Forderung, die Aufnahmen bereits vor seinem Wellnesstrip zu eliminieren, genauso wenig wissen. Nach einigem Hin und Her haben wir letztendlich als Kompromiss die Bilder von seinem Handy und seiner Festplatte gelöscht, sie existieren lediglich noch als Sicherheitskopie auf einem Datenstick. Den Datenstick haben wir gestern gemeinsam in einem verschlossenen Umschlag zusammen mit Olivers Haustürschlüssel „für alle Fälle" bei Frau König abgegeben. Glücklicherweise hat der konservative Oliver mit der Cloud-Technologie nichts am Hut, ansonsten hätte ich echt ein Problem gehabt.

Die Ausgestaltung seines amourösen Alibis hat der Drecksack dagegen komplett mir überlassen. Als ob ihn das alles nichts anginge, hat der feine Herr sich da ganz herausgehalten. Mit meinem Vorschlag, meine Frau und Tanja zeitgleich zum Wellnessen an die Ostsee zu schicken, war er sofort einverstanden, insbesondere da er mir auch hier die Kosten aufs Auge gedrückt hat. Damit sich die weite Strecke lohnt, sind beide Damen bereits gestern losgefahren und wollen erst am Montag wieder zurückkommen.

Ich selbst werde meine freie Zeit nutzen, um Frau König heute Nachmittag einen Besuch abzustatten. Sie hat mich zum Plätzchenessen eingeladen und bei dieser Gelegenheit werde ich den Umschlag mit dem Datenstick und dem Schlüssel mitgehen lassen. Oliver hat zwar in meinem Beisein die Festplatte seines Computers gelöscht, mich aber davon zu überzeugen, ob er das auch gründlich getan hat, ist sicherlich keine schlechte Idee. Ich sehe auch keinen Grund dafür, auf die Übergabe des Datensticks bis nach seiner Rückkehr zu warten, denn es ist zu befürchten, dass er dann keinen Kopf für solche Kleinigkeiten haben wird.

Was meine Reisenden nämlich nicht wissen: Allesamt habe ich sie im selben Luxushotel untergebracht. Die Idee kam mir, als das Hotel an der Ostsee wegen eines Wasserschadens vor drei Tagen die Zimmer storniert hat. Kurzfristig musste also eine andere Lösung her und da ich mich gerade wieder mal im Dauertelefonat mit Ollis Liebesnest im Allgäu befand, habe ich spontan nach Zimmern für meine Frau und Tanja gefragt. Den beiden Damen konnte ich die Änderung des Reiseziels als Überraschungsfahrt schmackhaft machen. Mit ein paar kleinen Ausreden hier und einigen Tricks da habe ich es am Ende so drehen können, dass die beiden Damen Stillschweigen über ihre Reisepläne bewahrt haben.

Zwar hat mich der Spaß eine Stange Geld gekostet, das ist es mir aber am Ende wert. Dank eines großzügigen Trinkgelds konnte ich sogar alle Zimmer nebeneinander buchen und auch im Speisesaal benachbarte Tische reservieren. Schade nur, dass ich nicht persönlich mitbekommen werde, wie Oliver auf die Herausforderungen reagieren wird, die das neue Jahr für ihn parat hält!

ZUM BITTEREN ENDE

„Und?" Prüfend schaut Luzifer einen nach dem anderen an. „Seid ihr auch der Meinung, dass Carla Eisfeldt mit *Gefährliche Weihnachten* einen guten Job gemacht hat?"

„Also ich für meinen Teil bin sehr zufrieden", erklärt Elfi. „Carla hat uns alle wirklich gut getroffen. Oder?", wendet sie sich an den Sensenmann, der neben ihr Platz genommen hat. Bevor er allerdings dazu kommt, seine Meinung zu sagen, hat Cora bereits das Wort an sich gerissen.

„Ich sehe das ganz genauso, auch wenn die Leserinnen und Leser mehr über Tamara wissen müssten", ereifert sie sich. „Meine Schwiegertochter …"

„Cora, nicht schon wieder die alte Leier!" Luzifer rollt genervt die Augen. „Deine familiären Zwistigkeiten sind nicht Hauptbestandteil des Buchs."

„Trotzdem sollte …", will Cora protestieren, aber Luzifer lässt sie nicht ausreden.

„Schluss damit!", donnert er. „Ich habe dich nicht hierherbestellt, um mir dein ewiges Gejammer über deine Schwiegertochter anzuhören!"

„Warum sollten wir denn überhaupt alle herkommen?", will der Sensenmann mit nervösem Blick auf sein Stundenglas wissen. Das neue Gerät arbeitet zwar zuverlässig, trotzdem ist er mit der Funktionsweise noch nicht ganz vertraut. „Ich habe nicht unbegrenzt Zeit und darf meine Klienten auf keinen Fall warten lassen!"

„Jetzt lasst ihn doch mal ausreden!", mischt sich Elfi ein, wofür sie einen dankbaren Blick von Luzifer erntet.

„Also", fängt er noch einmal von vorne an, „Was ich mir überlegt habe, ist Folgendes: Wenn wir der Meinung sind, dass Carla ein gutes Buch geschrieben hat, dann sollten das auch andere Leserinnen und Leser wissen."

„Aha." Der Sensenmann macht ein skeptisches Gesicht. „Und wie sollen die davon erfahren?"

„Ganz einfach. Alle, die *Gefährliche Weihnachten* gelesen haben, könnten doch eine Rezension über das Buch schreiben."

Elfi nickt anerkennend. „Luzifer, das ist eine hervorragende Idee!"

„Das sagst du jetzt nur, weil du dir mehr Umsatz mit deinem Marktstand erhoffst ...", lästert Cora. Ihrem schnippischen Tonfall ist anzumerken, dass sie sich immer noch über Luzifers Zurechtweisung ärgert. Auch der Sensenmann sieht nicht gerade begeistert aus. „Ich weiß nicht, ob das so eine gute Idee ist ...", beginnt er zögerlich.

„Und warum nicht?" Luzifer lehnt sich abwartend zurück.

„Na ja ...", der Sensenmann zupft nervös an seiner Kutte, „wenn alle Leute da draußen wissen, dass es das Buch *Gefährliche Weihnachten* gibt, dann erfahren ja auch alle von mir und meiner Arbeit!"

„Ja und?" Drei Augenpaare schauen ihn an.

„Unser Seminar arbeitet lieber im Verborgenen. Die Öffentlichkeit soll nicht erfahren, dass ..."

„Ihm ist nur die Geschichte mit den Rouladen peinlich!", zischelt Cora. Zwar hat sie es geflüstert, gehört haben es aber alle. Elfi bricht in gackerndes Gelächter aus, auch Luzifer kann sich einen Moment lang ein Zucken im Mundwinkel nicht verkneifen. Energisch pocht er auf die Tischplatte.

„Ruhe bitte!", sagt er streng. „Wir sollten abstimmen. Wer ist der Meinung, dass wir den Leserinnen und Lesern von *Gefährliche Weihnachten* vorschlagen sollten, eine Bewertung zu schreiben?"

Er und Elfi heben direkt die Hände. Cora überlegt, schließt sich aber nach kurzem Zögern an.

„Du etwa nicht?", will Elfi vom Sensenmann wissen.

„Ich enthalte mich lieber", erklärt der würdevoll, während er seine knochigen Fingerspitzen betrachtet.

Luzifer mustert den Sensenmann mit hochgezogener Augenbraue, verkneift sich aber den Kommentar, der ihm auf der Zunge liegt. „Na dann ist es entschiedene Sache." Er räuspert sich, richtet sich kerzengerade auf und schaut in Richtung Buchrand. „Also, ihr da draußen, wenn euch *Gefährliche Weihnachten* gefallen hat, dann empfehlt es weiter. Schreibt eine Rezension, zum Beispiel auf Amazon, oder verschenkt es!" Beifall heischend schaut er in die Runde. „Und – wie war ich?"

Elfi und Cora wechseln einen Blick. „Vielleicht könntest du das etwas freundlicher formulieren?", schlägt Elfi vorsichtig vor.

„Das war doch freundlich!"

„So funktioniert das aber nicht, Luzifer! Wenn überhaupt, musst du um eine Rezension bitten und sie nicht anordnen."

„Wenn du alles besser weißt, dann mach es doch selbst!"

Luzifers Antwort klingt gereizt, aber Elfi zeigt sich unbeeindruckt. „Damit habe ich kein Problem." Sie konzentriert sich kurz und holt einmal tief Luft. „Liebe Leserinnen und Leser, wir sind's, eure Protagonisten aus *Gefährliche Weihnachten*. Wenn euch unsere Geschichten gefallen und gut unterhalten haben, dann würde sich Carla sehr über eine Rezension von euch freuen. Gerne auch auf Instagram, da wäre so ein Buchtipp ebenfalls gut platziert. Den Hashtag #buchempfehlung habe ich da schon gesehen."

„Oder auch über Facebook und die ganzen anderen Social-Media-Kanäle", ergänzt Cora. So geht das, sagt der Blick, den sie Luzifer zuwirft, aber der starrt nur eiskalt zurück. Im Raum ist es totenstill, man könnte eine Stecknadel fallen hören.

„War es das jetzt?", unterbricht der Sensenmann nach einer Weile das unangenehme Schweigen. „Ich habe noch Termine …"

„Gut, wieder zurück an die Arbeit." Luzifer nickt knapp in die

Runde, erhebt sich und verlässt forschen Schritts den Raum. Auch Elfi und der Sensenmann stehen auf, nur Cora bleibt sitzen.

„Cora, kommst du?", will Elfi wissen.

„Ja, sofort … Ich muss hier nur noch …", Cora wedelt mit ihrem Smartphone. „Geht ruhig schon mal vor, ich komme gleich nach."

Elfi nickt und winkt kurz, bevor sie die Tür hinter sich schließt. Nachdem ihre Schritte im Flur verklungen sind, wartet Cora noch zwei, drei Augenblicke, bevor sie sich so weit vorbeugt, dass ihre spitze Nase fast aus den Buchseiten hervorragt. „Also, ihr da draußen, wenn ihr die Güte hättet, eine Bewertung zu schreiben, dann vergesst bitte nicht zu erwähnen, was meine Schwiegertochter für ein Miststück ist." Sie zwinkert einmal, bevor sie weiterspricht. „Und das hier, das bleibt unter uns, ja? Die anderen müssen das ja nicht unbedingt wissen, nicht wahr?"

Printed in Poland
by Amazon Fulfillment
Poland Sp. z o.o., Wrocław

84753304R00094